威 尔 斯 科 幻 小 说 集

H. G. WELLS

[英]H.G.威尔斯/著 李建波 唐岫敏/译

THE WAR OF THE WORLDS

世界大战

大连理工大学出版社
Dalian University of Technology Press

图书在版编目（CIP）数据

世界大战 /（英）赫伯特·乔治·威尔斯
(H. G. Wells) 著；李建波，唐岫敏译．— 大连：大
连理工大学出版社，2018.9（2020.4重印）
（重读经典·科幻大师作品集 / 许钧，吴文智主编．
威尔斯科幻小说集）
ISBN 978-7-5685-1424-8

Ⅰ．①世… Ⅱ．①赫… ②李… ③唐… Ⅲ．①科学幻
想小说—英国—现代 Ⅳ．①I561.45

中国版本图书馆 CIP 数据核字（2018）第 084820 号

世界大战
SHIJIE DAZHAN

大连理工大学出版社出版
地址：大连市软件园路 80 号　　邮政编码：116023
发行：0411-84708842　邮购：0411-84708943　传真：0411-84701466
E-mail:dutp@dutp.cn　　URL:http://dutp.dlut.edu.cn
保定市正大印刷有限公司印刷　　大连理工大学出版社发行

幅面尺寸：130mm×185mm　　印张：7.75　　字数：150 千字
2018 年 9 月第 1 版　　2020年 4 月第 2 次印刷

责任编辑：于建辉　田中原　　责任校对：李宏艳
封面设计：奇景创意

ISBN 978-7-5685-1424-8　　定价：28.00 元

目录

下篇 火星人统治下的地球

生命因阅读经典更精彩

——《重读经典·科幻大师作品集》序

记得在三年前，有几位记者朋友来我家，说要看我的藏书。我和他们说，我的书不是拿来藏的，是用来读的。书架是开敞式的，架上的每一本书都像我的朋友，我都触摸过，阅读过，与之交流过，大部分书上还留下了我写下的或长或短的心得与体会。我喜欢读哲学，因为哲学探究人何以为人；我也喜欢读历史，因为历史阐明人何以成其为人；我更喜欢读文学，因为文学给人启迪，指明人何以丰富人生。昆德拉在《不能承受的生命之轻》中有一句话，说人生“没有草图”。无论精彩与否，人生都只有一次，不能重来。那么，如何了解人生，领悟人生，创造人生，让有限的人生活出无限的精彩呢？

回望走过的人生之路，我发现自己命中与书有缘：读书，教书，译书，编书，写书，评书。人生之精彩，各有各的理解与领悟，况且在技术高度发展的今天，人生在现实世界与虚拟世界中仿佛拥有了丰富的双重性，导向了无限的疆域。我的生命之花的确因书而绽放。我爱书，尤其爱经典。经典不应该是供奉在殿堂里的“圣经”，而应在阅读、理解与阐释中敞开生命之源。经典是读出来的，常读常新，在阅读与阐释中生成永恒的生命之流。

因为爱经典，所以我读经典，译经典。我译过雨果的《海上劳工》，巴尔扎克的《贝姨》与《邦斯舅舅》，参加翻译过普鲁斯特的《追忆似水年华》，还翻译过已然成为经典的当代作家昆德拉的《不能承受的生命之轻》与诺贝尔奖得主勒·克莱齐奥的《沙漠》与《诉讼笔录》。我还组织翻译“法国文学经典译丛”，主编法国浪漫主义大师《夏多布里昂精选集》以及已经进入法国文学殿堂的著名作家杜拉斯十五卷本的《杜拉斯文集》。在经典的阅读与翻译中，我得到了双重收获：一是经典滋养着我的人生；二是通过我的翻译与阐释，也在参与经典的创造。为此，我说过一句话：阅读参与创造，翻译成就经典。

正是基于这样的认识，我和老朋友吴文智先生经过多次交流，商定依托我主持的中华译学馆，组织全国优秀的翻译力量，译介一套《科幻大师作品集》，向广大读者倾心推荐威尔斯、凡尔纳、阿西莫夫等科幻文学大家的作品，一起重读科幻文学经典，让科学与幻想互动，拓展我们的想象世界，丰富我们的现实人生。有学者评论说：“科幻历来有两大经典主题，一为星际旅行，一为生命智能。前者以宇宙为舞台，拓展人类生存空间的广度；后者以人为核心，探索生命自身生存的意义。”循着这两大主线，我们也许可以更好地把握科幻文学的发展脉络，但在不同的科幻大师的笔下，会呈现出异样的精彩与深刻。我一直觉得，只要人类有梦想，文学就不会死。重读科幻文学经典，放飞想象，拓展生命的空间，相信你的人生会闪现出属于你的精彩光芒。

许 钧

2018 年春

现代科幻文学的奠基者
——赫伯特·乔治·威尔斯

自 1818 年《弗兰肯斯坦》[1]问世以来，科幻文学已经整整走过了 200 个年头。200 年来，科幻文学从由浪漫主义催生的科学传奇逐步转变为由现实主义启发的现代科幻文学。作为将科幻文学由浪漫主义过渡至现实主义的一代大师，赫伯特·乔治·威尔斯自创作以来便在其别具一格的作品中融入对社会与科学的深刻思考，因而无论是在主流文学领域还是在科幻文学领域，都有着令人惊叹的成就与地位。在主流文学领域，威尔斯曾先后四次获得诺贝尔文学奖提名，与阿诺德·贝内特、约翰·高尔斯华绥并称作“20 世纪英国现实主义文学三杰”。在科幻文学领域，威尔

1 1818年，英国作家玛丽·雪莱出版了《弗兰肯斯坦》，该书被誉为第一部科幻小说。

斯被称为“科幻小说界的莎士比亚”，与儒勒·凡尔纳并称作“科幻大师中最闪亮的双子星”。

一

走进威尔斯

1866年9月21日，威尔斯出生于伦敦城外东南部的肯特郡。父亲约瑟夫是一位园丁，同时也是一名职业板球手，后靠经营一家小店为生；母亲莎拉是一家名为“上花园”宅邸里贵妇人的女佣。父母低微的社会地位和童年清贫的生活使威尔斯深切体会到底层社会的艰辛。

7岁那年，威尔斯意外跌断了胫骨。在养病期间，他在酷爱阅读的父亲的影响下养成了阅读的习惯。同年，威尔斯进入小学学习，阅读的兴趣伴随着他进入接下来的学生时代。10岁时他开始对写小说、画插画产生了浓厚的兴趣。

1877年，他的父亲在一次意外事故中成了跛子。这次事故产生的高额医药费使一家人的生活变得愈发艰难，家庭的收入越来越不足以支付孩子们的读书费用。两年后，13岁的威尔斯便早早进入社会谋生。

1880—1881年，威尔斯先后做过布店伙计、药店学徒、信差和小学助教，但都没做多久就被辞退。被辞退后，威尔斯便来"上花园"投靠母亲。而他就是利用在"上花园"这短短的接触上层社会的时间，琢磨出了使用望远镜观测天体的方法，并通过宅邸丰富的藏书，阅读了诸如伏尔泰的散文、斯威夫特的《格列佛游记》以及柏拉图的《理想国》等对其后来思想及文学创作具有启发作用的名家名著。在这期间，威尔斯还接受了不系统的教育，在一所中学寄读，以高于同龄人的禀赋学习了各种基础科学知识。

1883 年，在最后一次做学徒后没多久，威尔斯想重回校园当助教。他曾经寄读的那所中学的校长很欣赏威尔斯，主动给他提供了职位。在当助教期间，威尔斯既是教员又是学生。在校长的热心协助下，他仅仅用了两年时间，便修习了文学、数学、地质学、无机化学、物理学、天文学、人类生理学、植物生理学等学科，不但通过了考试，还获得了奖学金。

就在优异的成绩换来奖学金的回报时，英国教育部门下发了一则通告：集合各地科学教员，统一组织到科学师范学校（后来的英国皇家科学院）的"教师训练班"进行培训，以提高其素质。当时这所学校恰好有一定的免费生名额，且每人每星期还能得到生活补助。对于一直在贫困中挣扎的威尔斯来说，这是一次从底层社会翻身的契机。

1884 年，18 岁的威尔斯顺利进入科学师范学校学习。这一年最令他兴奋的是他的生物学教师由大名鼎鼎的"达尔文斗士"托马斯·赫胥黎担任。在自传中，威尔斯曾饱含钦佩地回忆道：

“他用一种清晰而坚定的声音讲解着，不慌不忙，也不踌躇，不时转身在后边黑板上画些图解。在他继续讲之前，常常要把手指间的粉笔灰拂得干干净净，他是颇有洁癖的……由赫胥黎任教的生物学课程，在性质上是纯粹而精确地属于科学的。他除了充实、研究、完成在他范围内的知识以外，没有其他（如经济利益上的）目的……”[1]

然而，之后两年所修的物理学、地质学课程，由于教师授课的枯燥乏味，威尔斯的学习热情消耗殆尽，他将这种热情逐步转移到了创作上。在一次学生辩论会上，威尔斯偶然听到一个关于四维时空的宇宙理论的新观念，这对于当时的物理学宇宙观可谓一种新见解。他把握住了这种思想，在将其作为《时间机器》的理论设定基础之前，尝试着写了一篇题为《刚性宇宙》的思辨性论文。在大学期间，他还创办并主编了名为《科学学派杂志》的刊物。在1887年的学年测验中，他因地质学成绩不及格，没能在当年拿到学位，只好放弃学业回去教书。在教书期间，威尔斯曾试图锻炼瘦弱的身体，却伤病不断。他在一次足球比赛中遭到撞击，导致肾破碎和肺出血，被迫辞去了教职。在接下来的一段时间，威尔斯静心休养，并全身心投入写作。

1888年，受纳撒尼尔·霍桑的作品《红字》的影响，威尔斯在《科学学派杂志》上连载了一部名为《时空长河中的寻金羊毛者》的小说，这就是他的成名作《时间机器》的前身。

---

1 H.G.Wells. 韦尔斯自传 . 方土人，林淡秋，译 . 上海：光明书局，1933.

1890 年，威尔斯通过了伦敦大学的考试，被授予理学学士学位。随后，他开始在大学函授学院教书，并尝试着给期刊与报纸投稿。他的《独特之物的重新发现》一文很快经由一个名叫弗兰克·赫里斯的编辑发表到了《半月评》上。威尔斯深受鼓舞，于是乘胜追击，将《刚性宇宙》一文寄出，并很快被赫里斯主动约见。赫里斯言辞激烈地表达了对《刚性宇宙》所涉及的四维时空理论的费解，并将论文底稿就此销毁。直到 1894 年，当赫里斯成为《星期六评论》主编后才回忆起那篇稿件的价值，又悔不当初地向威尔斯约稿，并使其成为期刊的长期撰稿人之一。

这一阶段的威尔斯除了教师的身份外，还成了伦敦的一名记者。他担任的是类似今天公共知识分子的角色，对各领域的问题发表看法，甚至对通灵术也有见解。[1]可以感受到的是，那时的他力图通过独到的理解力将科学知识加以通俗化表达，通过敏锐的察觉将社会问题予以深刻化呈现。

1893 年起，在做新闻记者的同时，威尔斯开始在伦敦各类刊物上发表短篇小说、评论以及各类主题的文章。这一年，威尔斯在工作的压力下又一次咳血，不得不在病床上休养数周。他最终决定放弃教学工作，专攻写作。

1895 年，威尔斯开始在《新评论》上连载《时间机器》，并于同年结集出版。《时间机器》为威尔斯赢得了巨大的声誉，他也以此为起点，创作出了一系列脍炙人口的科幻小说。

1 江晓原．科学外史Ⅱ．上海：复旦大学出版社，2014.

威尔斯十分关注社会问题，并于1903年受邀加入费边社，参与英国的社会主义改良运动，与萧伯纳等人结为好友。但最终因政见分歧而分道扬镳。

在第一次世界大战期间，威尔斯参与了国际联盟活动，前往各国访问并宣扬“世界国”理念，他的采访文章常常引起世界性的轰动。在第一次世界大战后，威尔斯用一年时间编写出了100多万字的《世界史纲》，这部历史著作一经问世，便使威尔斯名气大增，它的销量无论在当时还是在以后的数十年都位列前茅。[1]

诚如布赖恩·奥尔迪斯[2]所言：“到了30年代，小说家威尔斯让位于世界名人威尔斯。他成了一个大名人，忙于规划一个更好的世界。他同高尔基交谈，与乔治·萧伯纳斗嘴，飞往白宫与罗斯福会谈，或者飞往克林姆林宫与斯大林会谈。”

1939年，73岁的威尔斯给自己写了一句简短的墓志铭：“上帝将要毁灭人类——我警告过你们。”这句墓志铭深刻地反映了他对人类未来、科学未来的关注和担忧，也表明他的科幻小说具有警示灾难的意义。

即便是到了将要踏上人生归途时，威尔斯仍旧热心于公共事务。1946年8月13日，威尔斯在伦敦病逝，享年79岁。

个人之于宇宙犹如一粟之于沧海。威尔斯知道，无论走访多少国家，途经多少城市，结交多少名人，其所能带来的影响、留

---

1 赫伯特·乔治·威尔斯.世界史纲.吴文藻，冰心，费孝通，译.南京：译林出版社，2015.

2 布赖恩·奥尔迪斯（1925—2017），英国著名科幻作家。

下的印迹与书籍传播的力量相比都将是微不足道的。书籍作为那个时代的最佳思想载体，有着无可比拟的延展性，而思想对于人类塑造文明、改变周遭环境的启迪无疑引领着我们一路走到了今天。

二

解读威尔斯

在威尔斯所处的时代，第二次工业革命如火如荼，社会生产力突飞猛进，划时代发明目不暇接，引发了人类社会各方面的空前变革。在科学技术和生产力发展的同时，国际形势风云变幻，帝国主义殖民地扩张与争夺空前激烈，维多利亚晚期的英国社会阶级分化严重，劳资冲突不断加剧。在这一时代背景下，威尔斯以其广博的自然科学知识、深刻的思想性、超凡的预见性及卓越的想象力，创作出了一部部引人入胜的科学传奇，开创了“时间旅行”“外星人入侵”“反乌托邦”等一系列题材的范式，并在作品中融入了富有预见性的观点和对人类社会深刻的洞察。

本套丛书选取了威尔斯最具代表性的中长篇科幻小说和短篇小说。这些中长篇科幻小说有科幻史上里程碑式的经典，也包括一些稍显冷门但仍然很具代表性的作品。其中，有广为流传的科幻经典《时间机器》和《隐身人》，也有知名度极高、曾在美国引起巨大恐慌的《世界大战》，还有被多次改编成电影的《莫罗博士岛》和《神食》，更有启发了“反乌托邦小说三部曲”的《昏睡百年》和影响了 C.S. 刘易斯“空间三部曲”的《月球上的第一批来客》，以及预言了原子弹的《获得自由的世界》、预言了“空中战争”的《大空战》、与《世界大战》有着千丝万缕联系的《新人来自火星》、威尔斯的第一部乌托邦小说《彗星来临》和寄托了威尔斯后期乌托邦理想的《神秘世界的人》。威尔斯的中长篇科幻小说读者并不陌生，一直被认为是现代科幻小说的先驱之作；而他的另一类短篇小说名篇，如《水晶蛋》《盲人乡》等则知者较少，但在他的整个创作中有着特殊的意义。下面按威尔斯创作这些作品的时间顺序做以介绍。

《时间机器》（1895）是威尔斯最早获得成功的一部科幻小说。威尔斯利用早在《刚性宇宙》就已阐述的观点，借“时间旅行者”之口解释了四维时空的概念，探讨时间旅行的可能性。故事的主人公“时间旅行者”发明了一部“时间机器”，乘上它就能够自由驰骋于过去和未来的世界。当他乘着机器来到公元802701年时，发现人类已分化为两个人种：一种是住在颓败宫殿中悠闲优雅、娇小柔弱的艾洛伊人；另一种是生活在地下的面目狰狞、终日劳动的莫洛克人。不劳而获的生活使艾洛伊人的体力和智力明显退化，而莫洛克人白天为艾洛伊人制造生活的必需品，夜晚却到地面上到处捕食他们。“时间旅行者”还来到了几百万年之后，那时人类已经灭绝，沙滩上只有巨蟹、蝴蝶、日食等复古图景。善于科学思辨的威尔斯对当时高度工业资本化而极度缺乏人文关怀的英伦社会有着丰富的阅历。他自幼就对斯威夫特的讽刺小说如痴如醉，因而在《时间机器》中继承了《格列佛游记》的衣钵，以斯威夫特式的辛辣讽喻风格，尖锐地揭示了艾洛伊人与莫洛克人的畸形共生关系，并从进化论的角度出发，将人类历史演进中所要面对的冷酷现实与阶级暴力予以生动的体现，为社会分工最终演化为某种或然存在的恶性循环做出警示。

《莫罗博士岛》（1896）讲述了一个名叫莫罗的科学家，在一个无名的小岛上对各种动物进行活体解剖和器官移植，将其改造成兽人。这些兽人能直立行走，能讲话，具备人的某些特性，并且能够进行一些人类活动。莫罗试图对兽人进行肉体和精神的双重控制，却惨遭失败，最后和助手双双被兽人杀死。《莫罗博士岛》从古老神话传说与当时争议颇大的活体解剖实验中汲取灵感，结合威尔斯师从赫胥黎的经历以及对达尔文进化论的认识，从生物学角度构想出了“兽人合体”与“动物人化”的可能性。小说借由疯狂科学家莫罗的所作所为警示读者，却也为当今跨物种器官移植的动物培育技术提供了一个新的方向。

《隐身人》（1897）描写了穷困的研究员格里芬怀着极大的热情发明了一种隐身术，把自己变成了来去无踪的隐身人。这种“超能力”使他渐渐迷失了自我，企图依靠此发明建立一个“恐怖王朝”，使自己成为凌驾于社会之上的超人。最终隐身人在与人们的对抗中，跌入了犯罪的深渊，走向了毁灭的末路。《隐身人》异常大胆地想象了存在一种理论上可以改变身体折射率的药物，人服下后可以实现真正意义上的肉身隐形。如今隐形技术广泛地运用在军事上，却不是真正意义上的可见光波段隐形。而一种具有负折射率的人工合成材料——超颖材料——已经能够在微观条件下实现可见光波段的隐形。《隐身人》这部小说在某种程度上暗示了隐藏于社会之外的边缘人群的潜在矛盾，也从另一面揭示了受制于社会陈规约束的常人在脱离社会约束后可能带来的社会威胁，为社会忽视边缘人群提供了警示。

当《莫罗博士岛》和《隐身人》这两部作品将自玛丽·雪莱的《弗兰肯斯坦》以来塑造的“疯狂科学家”形象再度演绎时，我们会发现威尔斯笔下的两位科学家已然抛弃了弗兰肯斯坦还曾仅存的关乎伦理道德的愧疚之情，反而像斯蒂文森的《化身博士》里的海德先生一般，成为脱离社会约束的法外之徒。威尔斯或许从来都不会质疑科技的力量，却一度对科技力量之外所涉及的道德挑战与社会问题感到焦虑，并尽其所能地对个体获得科技力量后可能带来的负面影响做出令人赞叹的预想与反思。

《世界大战》（1898）据说源于威尔斯与兄长弗兰克的一次对话，这次对话中两兄弟讨论到了 19 世纪装备先进的英国殖民者对塔斯马尼亚土著实行种族屠杀这一话题。当时，弗兰克在讨论中设想了当天外来客如英国殖民者一般对待地球人类的情境，令威尔斯印象深刻，此后便将其通过《世界大战》呈现给世人。

故事中，入侵者并非敌国，而是地球以外的火星人。火星人被叙述成狰狞的怪物，且依靠吸食人类的血液为生。这些怪物在英国进行大肆破坏，而威尔斯却从一个寻常之极的市民视角，以荒芜萧索的笔触营造了一种凄凉的绝望，在平淡与挣扎中呈现世界由人间堕入地狱的恐怖末日……故事的结尾将末日的转折交给了为人所忽略的细微之物，着实耐人寻味，令人眼界大开。威尔斯所设想的突袭地球的火星人所使用的物理武器"热线"，尤似几十年后才实现的激光武器，而激光的理论基础——受激发射理论——在《世界大战》出版将近20年后的1917年，才由爱因斯坦发表的论文《关于辐射的量子理论》正式提出。

《昏睡百年》（1899）讲述的是主人公格雷汉姆在长期失眠后终于昏睡过去，醒来时却发现自己已然身处两百年后的世界。存款复利的神秘增长使他牢牢控制了世界经济，从而"莫名其妙"地成为世界之主，且有12名受托人以他的名义组成管理团体。管理团体对格雷汉姆的苏醒毫无准备，以至为了维护统治地位，试图隐瞒和控制格雷汉姆的行动。然而东窗事发，格雷汉姆最终还是成为反抗管理团体统治的人民领袖，与管理团体决一死战。而对抗管理会的革命者实际上也是为了私利在利用他。故事的结局，作为首领的格雷汉姆亲自驾机阻击敌军——"尽管他不敢向下看，但骤然意识到大地已近在咫尺。"这是一部出彩的作品，其近乎反乌托邦的故事架构相当引人入胜。反乌托邦文学作为社会科幻小说中备受重视的子类型，以其颠覆人性长久以来对乌托邦的美好幻想而见长。在反乌托邦科幻小说中，极端化的政治、经济、宗教等意识形态是常见的社会背景，而《昏睡百年》虽然用了一个谈不上严肃的“长眠苏醒”设定，却能将两百年后的社会体系置于一个初看合理却极其恐怖的意识形态中预演。

《月球上的第一批来客》（1901）或许可以称为威尔斯版的《真实的故事》[1]。故事幻想了一位天才科学家卡沃尔研制出了一种“反重力”金属，在制成飞行舱后卡沃尔携朋友柏德福进行了登月实验。两位冒险者在成功登月后遭遇月球人追捕的惊险遭遇，展现了威尔斯天马行空的丰富想象力。小说中对于月球表面奇幻景色的描写与半个多世纪后人类真正登上月球时发回的照片也不无相似之处。威尔斯笔下的月球人是一种近似蚂蚁的“虫族”生物，它们十分脆弱，不堪一击。小说意在通过月球人的蜂巢思维剖析维多利亚时代的社会分工，将抹杀个人自由的管理体制进行戏剧化表达。

《神食》（1904）乍看之下很容易被误认作《莫罗博士岛》和《隐身人》的延续，从而被认为是对科技盲目发展和滥用的警示寓言作品，实则不然。故事讲述的是两位科学家发明了一种新的营养品“神食”，这种营养品能让食用者生长加速且变得巨大：鸡吃了后大得能食人，黄蜂和老鼠吃了后也能大得攻击人，婴儿

1　卢奇安的这部作品对威尔斯影响匪浅。卢奇安，又译琉善，古希腊讽刺散文作家、无神论者，其主要代表作品是讽刺散文《真实的故事》。在《真实的故事》中，主人公越过大西洋去旅行，经历了一连串令人难以置信的历险，如乘船时意外被吹到月球，之后还遭遇了太阳与月球军队争夺金星的战役等。

吃了后则很快长成巨婴乃至巨人。然而就在读者眼看着故事中的世界即将陷入一场恐怖的危机、人类社会将可能被斯威夫特笔下的“巨人国”所取代之时，威尔斯却笔锋一转，描绘起被排挤的巨人。这些巨人在人类的压迫下组成了一种“新人类”团体，为了突破传统人类的各种约束壁垒，最终决定奋起反抗，为自由而战。这种剧情上的转变与威尔斯那段时间世界观的转变是有联系的。在威尔斯看来，人类社会的矛盾冲突不是纯粹的利益之争，更不是简单的正邪对立、善恶分明，归根到底还是人性本质中的排异心理与人类社会日益演化形成的阶级隔离屏障作祟，这就使得吃下“神食”的巨人成了原始人类社会“党同伐异”的对象。而威尔斯则借巨人的抗争打通了这种社会阶级隔离屏障，意欲唤起人类在形成文明后所具有的同理心，从而实现某种意义上的阶级融合。“新人类”的存在将逐步消解人类的阶级隔阂，这样一场自由之战也将预示着人类在通过“神食”诱发人体改良后，将迎来一个或然存在的乌托邦。

《彗星来临》（1906）以一种散文式的记述，缓步推进着一个看似俗套的三角恋故事，却在关键节点上通过一条漫不经心的暗线将一次情杀危机反转，而故事也最终走向了一个充满光明、友爱等良善品质的乌托邦。故事背景是一颗彗星即将接近地球的消息不断在剧情中跟进，而情节上讲述的则是一位四处碰壁的主人公，在接连的失败与对刚刚分手不久的女友立即寻获归宿的妒意之下，决定谋杀前女友及其情夫。但就在下手的当晚，一颗彗星的尾巴扫过地球，通过与空气中的氮气反应产生“绿色烟雾”，给予世间人心以光明、友爱等良善品质。于是，世界变成了乌托邦，故事变成了大团圆。在《彗星来临》中，威尔斯最终想要表达的主旨，可以说就是在《神食》中还未到来的乌托邦图景。这种乌托邦式的理想社会在小说中最显著的一点即男、女主人公在彗星来临后消除私欲的过程。而在更深层次，威尔斯真正想要探索的还是一种破除传统道德束缚、打破阶级壁垒的美好新世界。

《大空战》（1908）一方面受莱特兄弟于 1903 年首次试飞成功后，各国精英对战场制空权思考的影响；另一方面又显然受到了 M.P. 希尔的小说《黄祸》（1898）以及 1905 年日俄战争的影响。故事讲述了身处社会中下阶层的主角意外卷入了德国空袭美国的战争，随之引发了一场飞艇对飞艇、飞机战飞机的世界性战争，整个世界陷入了空战。这样的战争最终无疑会把世界拖入万劫不复的末日之境，《大空战》中关于“废土世界”的结局书写与《时间机器》一般开放悲凉。《大空战》为我们呈现了另一种与《世界大战》相悖的末日殊途。具有敏锐洞察力的威尔斯再度通过小人物的视角预想出他想象的空中战场，并以其出色的社会寓言性指代了某种群体或团体在获得科技力量后对平民的威胁。

《获得自由的世界》（1914）以当时拉姆齐、卢瑟福、弗雷德里克·索迪等科学家的理论与发现为指导，并从索迪的《镭的介绍》（1908）一书中获取灵感，设想了一个人类广泛使用核能后的未来图景。威尔斯充分预见了核能产生后人类将其运用在武器上的可能性，并开创性地使用了“原子弹”一词来给故事中的一种能够加速核物质衰变、引发连锁反应的持续性燃烧弹式核武器命名，而故事中的“原子弹”也正如现实中一般，给世界带来了极大的震慑性后果。在小说后半段，当人类即将因滥用核武器而走向无可挽回的深渊时，威尔斯又借由一位具有远见卓识的政治家在各大国家中积极斡旋，最终让故事中那个硝烟四起的世界获得了自由。《获得自由的世界》以其在预想核武器的使用及应对核管控等方面的先见之明而显得格外不同寻常，但这部作品在展现威尔斯极为敏锐的洞察力的同时，也充满了对反战思想及世界主义的说教。这种立足于技术官僚与权威主义的乌托邦构想，几乎成为威尔斯中后期幻想作品的核心思想，这些小说也逐渐成为一种传播这类思想的说教工具。当然，尽管小说中那些饱含感染力的说教不可避免地削弱了阅读观感，但读者依然可以追寻到它的时代意义。

《神秘世界的人》（1923）可以看作威尔斯在积极投身反对战争、维护人权的国际联盟建设事业后，对重建人类文明满怀信心的蓝皮书。在《神秘世界的人》中，威尔斯将其中后期日渐成型的乌托邦蓝图描绘得细致考究。这部作品再次借助《时间机器》的四维时空理论设定，讲述了一位旅行者因为神秘世界的一次物质空间循环实验意外，莫名进入了一个被称为“乌托邦”的神秘星球。在这个“乌托邦”中，威尔斯通过旅行者的所见所闻，将这个神秘星球的美妙境况和盘托出，向世人展现一个曾经与人类面对过相同灾害与命运的世界，是如何依托技术官僚的运作，发展出属于他们的高度发达的技术文明，以及仍在不断完善建设的“动态”乌托邦的。《神秘世界的人》所描绘的这种“动态”乌托邦，无疑给同样存在诸多社会问题的世人提供了一种建设理想社会的参考。小说中对于人类科技发展带来的物质财富的激增所引发的生态灾害及人口爆炸等社会问题提供了理论指导，也深刻反映了威尔斯重视心理教育、关注生态环保等理念。

《新人来自火星》（1937）再次展现了《世界大战》中火星人的先进技术。《世界大战》中的火星人以激进暴力的方式对人类进行“革命式”入侵，而《新人来自火星》中的火星人则以渐进温和的手段对人类进行“改良式”渗透，从对社会变革角度的思考来看，简直与威尔斯一直身体力行的政治改良思想如出一撤。作品间接描述了一种来自火星人的长期外部干预。火星人通过发射宇宙射线的形式诱导地球人实现改良性质的突变，将人类转化为智力超群且足以构建地球乌托邦的新人类。主人公在听闻火星人发射宇宙射线对人类影响的坊间传闻后，对即将降生的孩子可能产生的变异感到不安。直到他最终发现，自己早已是被改良的新人类，而新世界的秩序与乌托邦未来，由他们这些伟大的新人类联合起来方能重塑。有评论家认为，这部充满超人式设定的作品在欧洲法西斯主义盛行时期，“不合时宜”地表露出了威尔斯对权威主义的改良幻想。倘若仔细观察作品中极富隐喻色彩的预言与文字，读者也能从另一角度感受到威尔斯真诚而严肃地探讨摆脱现实世界纷乱秩序的努力。

像众多科幻名家一样，威尔斯在进行中长篇科幻小说创作之前，也是通过在各类刊物上发表短篇小说积累写作经验的。从1893年起，威尔斯发表了一系列短篇幻想作品，其中最具野心的早期作品是在《蓓尔美尔街公报》发表的短篇——《公元100万年之人》（1893）。这篇小说大胆地描述了一种在自然选择下最终重塑的人类：一种因为太阳冷却后被迫撤离到地下的生物，他们有着硕大的头颅、巨大的眼睛、纤细的双手，躯干部分则占其中的一小部分，这种人类只能永久沉浸在营养液中。这种新人类的设定很容易令人联想起《时间机器》里生活在地上的艾洛伊人与生活在地下的莫洛克人的部分特征，从而奠定了威尔斯在创作初期对于人类异化或演化主题探索时频频涌现的社会寓言特质。其他作品还有《飞人现世》（1893）、《人的灭绝》（1894）、《浅游太阳》（1894）等，其中《浅游太阳》讨论了硅基生命的可能性。他早期集中出版的短篇小说集《失窃的细菌与其他事件》（1895）中收录的《失窃的细菌》《奇兰花开》《怪物大闹天文台》等作品在惊险程度上虽然不如前述短篇，却也对后世作品产生了一定的影响，如克拉克的短篇作品《扭捏的兰花》就提到了《奇兰花开》。

19世纪末，威尔斯在短篇主题创作上的想象愈发大胆。这在其1895年以后的短篇《手术刀下》（1896）、《天外来客撞击地球》（1897）、《一个石器时代的故事》（1897）、《水晶蛋》（1897）、《能够创造奇迹的人》（1898）中足以见得。《天外来客撞击地球》

讲述的是不明天体向地球逼近的灾难故事。值得注意的是，类似的情节在《彗星来临》亦有体现，相信两者之间在创作上也联系匪浅。在**《水晶蛋》**中，威尔斯通过一种“以小见大”“以平凡见证奇迹”的叙事策略，将科幻小说中揭示未知世界时的惊奇感，在与之形成鲜明反差的平凡现实中进行演绎，并从中下阶层的小人物视角出发，见证“水晶蛋”中诡异神秘的世界。

到了20世纪，威尔斯的短篇幻想作品同样不乏佳作。《新时间加速剂》（1901）以一种漫不经心的方式对科技新发明可能带来的社会问题进行了探讨。**《盲人乡》**（1904）被许多西方评论家认为是威尔斯最好的短篇小说。尽管这篇小说并不描述未来，而是描述遥远的山谷，但它具备了科幻小说的全部要素，使读者动摇对传统的信心，并引发人们去思考事物的本来面貌。[1]《墙上之门》（1911）以主人公的成长为线索，通过对比在“梦幻花园”内、外的成长过程，揭示了工业革命对现代文明生活方式的影响。

威尔斯把科学幻想和人类的发展结合起来，以深切的忧患意识关注人类未来和科学未来。其远见卓识的抗争意识与精雕细琢的艺术追求，又体现了其不囿于特定时空的超越精神。威尔斯的科幻小说体现了在所处时代对人类未来的想象与思考，其思想源于维多利亚时代的历史环境与文化土壤，因而有一定的局限性。我们应该从其生活的时代出发，取其精华，对所涉及的政治性、思想性内容进行辩证的思考与择弃。

---

1 詹姆斯·冈恩．过眼云烟：英国科幻小说．北京：北京大学出版社，2008.

三

重读威尔斯

经典作品是那些你经常听人家说“我正在重读……”而不是“我正在读……”的书。即使我们初读也好像是在重温以前读过的东西，每次重读都好像初读那样会带来发现。我们越是道听途说，以为懂了，当实际读时，就越是觉得它们独特、意想不到和新颖。[1]威尔斯的科幻小说就是这样的经典。科幻小说作为一种与科技发展有密切联系的文学类型，犹如一架人类的望远镜，遥望着浩瀚的天河，对科技发展带来的种种可能性，对社会的潜在影响进行提问、预测、探讨与思辨——这亦是现代科幻小说的核心精神。而这一精神的源头正是威尔斯。

威尔斯所处的时代正值人类历史的转折点。他出生的那一年，德国工程师西门子发明了世界上第一台大功率发电机，标志着人类进入了电气时代；他逝世的那一年，世界上第一台电子计算机诞生，掀开了信息时代的序幕。其人生横跨的两次工业革命颠覆性地改变了人类文明的发展进程，科技、政治、经济的变迁使得世界发生着难以想象的变化。正是在这种时代背景下，威尔斯对科技前景和社会现实进行了可信的分析与预测，对当时的诸多问

1 伊塔洛·卡尔维诺．为什么读经典．黄灿然，李桂蜜，译．南京：译林出版社，2012.

题都有深入的探究与思考。他一方面肯定科学技术的巨大作用，另一方面也意识到当科技被枉顾伦理道德之辈利用时，人类将会为此付出惨痛的代价。除了创作针砭时弊、充满寓言色彩的作品外，胸怀社会改良理想的威尔斯还身体力行地参与政治活动。尽管威尔斯的作品及其对社会问题的思考具有一定的历史局限性，但无疑对那个时代产生了深远的影响。

正是这种特殊的生平背景，以及艺术想象、科学警示、社会批评相结合的创作手法，使得威尔斯的作品具有深刻的思想性和恒久的生命力。在 100 多年后的今天，人类文明又一次面临重大拐点，随着以人工智能为核心的“第四次工业革命”的到来，各项重大技术创新即将在全球范围内掀起波澜壮阔、势不可挡的巨变[1]。作为曾经变革浪潮的亲历者和预言者，威尔斯在作品所展现出的预见性和对科技、社会问题的思索，在照亮那个时代的同时，也冥冥中关照了人类未来相似的发展境遇。也因此，时至今日，我们依然需要去聆听这位科幻先知的思想，去感受现代科幻小说发轫阶段所寄托的希望与沉思，去体会在激荡的洪流中一个知识分子的理想与信念。

或许，当 1895 年威尔斯写出《时间机器》的那一刻，他便真的发明了一台“时间机器”，并乘着它到达了未来，带回了警示的讯息。后世的科幻作家无不踏着这位前辈的脚印，乘坐这台机器，开启了一次又一次抵达未来的旅程，捎回一封又一封来自

1　施瓦布．第四次工业革命．北京：中信出版社，2016.

未来的信，谱写了科幻200年间一段又一段波澜壮阔、气象万千的乐章。如今，与未知同行的这一代人，或许很渴望也有一台这样的“时间机器”，以便到达未来一探究竟，用更有远见的视野指导今天的生活。若真是这样，拜访这些乘坐过“时间机器”的科幻作家或许是一个不错的方法。当然，最应该拜访的当然是那个发明了“时间机器”的人。他是社会科幻的领路人，更是现代科幻的奠基者，他是H.G.威尔斯。

《科幻世界》 陈 俊

2018年夏

上篇

火星人来了

第一章
大战前夕

在 19 世纪末，人们还不会相信：有一种外星生物正居心叵测地密切注视着地球。这种生物的智慧超过人类，却并不比人类超凡脱俗。人们在为自己的事情忙碌的时候，全然不知自己已经成为这种生物观察和研究的对象。它们观察人类也许就像人类用显微镜观察水滴中密密麻麻、不断繁殖的微生物一样。人们无比满足地在地球上为琐事奔波，深信自己是世界主宰，无忧无虑。这可能与显微镜下的纤毛虫别无二致。没人曾想到宇宙中那些早已存在的星球会是人类的危险之源，即使想到过宇宙中还有别的星球，也不会相信那上面会有生命存在。现在回忆起人们在那过去的岁月中的习惯性思维方式仍然感到不可思议。地球人至多想象过在火星上可能会有另一种人类，也许比地球人低级，而且期待着地球人前去造访。然而火星人的智力与人的智力相比，就像人的智力与野兽的智力相比一样。他们知识渊博而且冷酷无情。他们贪婪的目光穿过茫茫太空，注视着地球，有条不紊地制订着进攻地球的计划。20世纪初，事实击碎了人类的幻想。

也许大家都知道，火星是一颗围绕太阳旋转的行星，离太阳很远，平均距离为一点四亿英里。火星从太阳得到的光和热还不足地球从太阳获得的光和热的一半。如果星云假说不谬，火星比地球古老，那么在地球远未停止熔岩状态之前，火星上便已出现生命了。火星的体积不足地球体积的七分之一，这就使它可以迅速冷却到可以产生生命的温度。火星上有空气、水和生命赖以生存的一切条件。

可是，人类的虚荣心太强了，面对事实却视而不见。直到19世纪末，还没有书面的文字记载过火星上的智慧生命可能已超过人类发展水平的观点，甚至没提到过火星上可能会有智慧生命。人们也不曾意识到：火星比地球形成得早，其表面积只有地球表面积的四分之一；火星比地球离太阳远，孕育生命较早，离毁灭生命的时刻也就更加接近。

行星都在缓慢地冷却，地球迟早有一天也会寒若冰窟。而在我们的邻居——火星上，这种情况已经十分严峻。火星的物理状况如何还不得而知，但是我们却知道：即使是在火星的赤道地区，其午间温度也冷若地球上最寒冷的冬天。火星上的空气也比地球上的稀薄得多，火星上的海洋只占其表面的三分之一。随着季节的缓慢变换，两极周围或者冰山耸立，或者冰雪消融，周期性地淹没温带地区。虽然行星的衰竭期离地球还十分遥远，但已是摆在火星居民面前的问题。逃生的需要迫在眉睫，他们的智力大长，能力猛增，心肠变硬。他们借助仪器，以我们想象不到的智慧寻觅逃生之所。穿过太空，他们发现在太阳的方向有一颗离他们最近——只有三千五百万英里的距离——充满希望的晨星，这就是我们温暖的地球。草绿水蓝，云遮雾盖，一望便知是片肥沃的去处。透过流云的缝隙，还可以看到一簇簇人烟稠密的城镇和一条条舰船密布的海峡。

在他们看来，我们这些居住在地球上的生物十分怪异、低级，就像我们看待猴子一样。人类中的知识分子已经承认，生活就是为了生存而不懈奋斗。这恐怕也是火星上的思想家们的共识。他们的星球已经冷却过头了，而地球上却依然拥挤着生物，而且是他们认定的低级动物。向太阳的方向进军的确是他们逃离灭顶之灾的唯一出路。过了一代又一代，灭顶之灾正缓慢却无可逆转地向火星人逼近。

不要忙着谴责他们心黑手毒，还是先回想一下人类曾干过多少伤天害理、灭绝生灵的勾当。我们不仅使一些动物（如野牛和渡渡鸟）灭绝，而且也使低级的人类种族灭绝。尽管塔斯马尼亚人具备人类的一切特征，但还是在欧洲移民发动的历时五十年的种族灭绝战争中被屠杀得一个不剩。我们残酷无情，又怎么能责怪火星人心狠手辣呢？

火星人把袭击地球的计划安排得出奇的精确，显然他们的数学知识远远超过我们。而且他们万众一心，全民备战。如果我们的仪器先进，那么早在19世纪就会发现自己所面临的灾难。夏帕雷利等人对这颗红色的行星进行了观测。顺便插一句，千百年来，人类将火星当作战神之星，发现火星上有光点闪烁，并在火星图上做了精确的标记，但却未能对其成因做出解释。在那一整段时间里，火星人一定在积极备战。

1894年出现冲的时候，人们发现火星的向阳面出现了一簇强光。首先是里克天文台，接着是尼斯的佩罗汀，后来是几位天文观察家，都发现了这一现象。英国读者起初是在当年8月2日的《自然》杂志上读到这一消息的。我总觉着那是火星人在又大又深的坑里铸造巨型炮，射向地球的炮弹就是从那里发射的。在后来出现的两次冲的过程中，人们在爆发强光地点的周围又发现了一些斑痕，但都未能做出解释。

那场暴风雨是在六年前降临的。当火星又要接近冲的位置的时候，爪哇人拉维尔发布了一条惊人的消息：发现火星上气体爆炸发出的白热光。天文学界兴奋无比地竞相用电报传递这一消息。光亮出现在12日近午夜时分，拉维尔马上用分光镜分析，发现那是一团主要由氢气构成的燃烧气体，风驰电掣般地向地球飞来。十二点一刻左右，这团喷射的火焰看不见了。他把这一现象比作从火星上猛然喷射出的一团巨大的火焰：就像炮膛里喷出的燃烧气体。

事后证明他的比喻真是再恰当不过了。可是第二天，除了《每日电讯》登了一小则消息外，其他报纸对此只字未提。绝大部分地球人对这一威胁人类的最大危险一无所知。若不是碰上了奥特肖镇的天文学家奥格尔维，我也不会知道火星上发生火焰喷射的事件。奥格尔维听到这一消息兴奋无比，激动得不能自已，那天晚上便邀请我与他轮流观察那颗红色的行星。

自那以后发生了许多事情，可我还能清楚地记得那天晚上的情景。天文台里黑漆漆、静悄悄的。角落里有一盏灯笼，发出昏暗的光，洒在地板上。望远镜里的发条发出滴滴答答的响声。房顶上有个开口，露出一块长方形的、深邃的、撒满星星的天空。奥格尔维在房间里走来走去，看不见他的人，只能听到他走动的声音。透过望远镜，可以看到一圈暗蓝色的天空和一个遨游其间的小圆行星。这看上去真是一颗小行星，那么小，那么亮，那么静谧。隐约可见缠在其腰间的气环，由于形状很圆，火星显得平平的。可是它那么小，银光闪闪中带有一丝暖意——就像闪亮的大头针顶头儿！它似乎在抖动，实际上是望远镜的发条运动时产生的颤动。我之所以能看到火星，主要是因为发条系统在起作用。

我凝神细望，这颗行星好像忽而大，忽而小，忽而近，忽而远。当然这不过是我的眼睛过于疲劳的结果。它离我们将近四千万英里呀！四千万英里的空旷空间。很少有人能想象出这颗宇宙尘埃遨游的空间是多么广袤。

我记得，在这颗行星附近有三个微弱的光点，那是离我们很远很远的星球，只有用望远镜才能看见。除此之外便是深不可测的空洞洞的夜空。可以想象一下寒霜季节布满星辰的夜空会是什么样子。在望远镜里，黑暗显得更加幽深，一来是因为火星体积小，二来是因为离我们十分遥远。我当时还全然不知，一个飞行物正以令人难以置信的速度向我们飞来，离地球的距离每分钟缩短数千英里。这个飞行物是从火星飞来的，它将给地球带来恶战、灾难和死亡。在观测的时候我做梦也没想到，地球上没人能想象到，会有这么一个直奔地球的飞行物。

同一天夜里，那颗遥远的行星上又出现了一次燃气喷射现象。我看到了一簇边缘微红的闪光，隐约可见物体的轮廓。当时子夜的钟声恰好敲响，我向奥格尔维说了我的发现，他马上接替了我的位置。那天夜里有点热，我感到口渴，便笨拙地用脚在黑暗中探路，走到放苏打水瓶的小桌子旁边。奥格尔维惊叫着，他也看到了那团离开火星向我们飞来的火焰。

就在那天夜里，又一个看不见的飞行体飞离火星，踏上前来地球的征程，距第一个飞行体出发的时间大约二十四小时差一两秒。我记得我坐在桌旁的黑暗里，眼前仍然游移着一片片绿色和猩红色。我很想找只打火机点烟，对我刚看到的微小光点是怎么回事以及会给我们带来什么，几乎无所用心。奥格尔维一直观察到一点钟才罢休。我们点上那盏灯笼，往家走去。在我们下方的暗处，坐落着奥特肖镇和切特西镇，数以百计的居民正在那里安然酣睡。

那天夜里，奥格尔维满脑子都是关于火星的事情。他嘲笑那种认为火星上有居民、火光是火星人向地球人发信号的粗俗观点。他认为可能是陨石雨在撞击火星，也可能是一座大火山在喷发。他向我解释道，相邻的两颗行星上的生物朝着同一方向进化的可能性微乎其微。

“火星上有像人类一样生物的可能性只有百万分之一。”他断言道。

成百上千的观测者都看到了前一天夜里和那天近子夜时的火光。第二天夜里，火光又出现了。连续十天，每天夜里都出现一次火光。为什么第十次之后便停止喷射了，地球上没人想问个究竟。也许是发射时形成的烟云使火星人无法继续发射。从地球上的高倍望远镜里望去，浓烈的烟尘像一块块颤抖着的灰色小布片，慢慢掩住火星晴朗的大气层，熟悉的火星又变得陌生了。

火星上的骚动终于唤醒了各种日报，它们纷纷报道关于火星上火山爆发的消息。我还记得，既庄重又诙谐的《抨击》周刊以此为素材画了一幅政治漫画。没有人想到，火星人发射的飞行物正以每秒许多英里的速度穿过宇宙空间向地球冲来，一天一天，每时每刻，离我们越来越近。我感到特别不可思议的是，灭顶之灾即将降临，人们却仍能一如既往地为琐事奔波。我还记得马卡姆是怎样的欣喜若狂，因为他为自己编的插图报纸弄到了一张新的火星照片。19 世纪报纸种类之多、报人的敬业心之强是后代人难以想象的。说到我自己，我当时在忙着学骑自行车和写一些论文，论述随着文明发展道德观念向何处去的问题。

一天晚上（那时第一只飞行物离地球大约只有一千万英里），我和妻子一起散步。是夜星光灿烂，我向她解释十二宫图，并为她指出哪颗是众多望远镜关注着的火星。火星显得格外明亮，正向中天移动。那是个温暖之夜，在回家的路上，我们碰到一群大概是从切特西或者艾尔沃斯来郊游的人，他们又弹琴又唱歌。人们都准备睡觉了，楼上的窗户透出灯光。远处的火车站传来调轨的火车声响：鸣笛声、车轮声。由于距离远，声音变得柔和，几乎变成吟唱。妻子对我说，悬在高架上的红、绿、黄信号灯真明亮。一切都显得那么安适，那么静谧。

第二章

“陨星”

第一颗“星”陨落的夜晚终于到来了。人们是在凌晨见到它的，在大气层高处，一道火焰划过温彻斯特上空，向东落去。一定有成百的人看到了这一景象，都把它当作一颗普通流星。阿尔宾描述道，这颗星拖着一条绿莹莹的尾巴，数秒之后仍闪闪发光。流星方面最权威的专家丹宁说，这颗星首次出现的高度为九十到一百英里。他觉着流星陨落在他以东约一百英里的地方。

那时我正在家里的书房里写作。尽管落地窗冲着奥特肖，而且窗帘也是拉起来的（那几天我喜欢看看夜空），但我什么也没看到。那个史无前例的天外怪客就在我坐在桌前的时候来到了地球。在它飞过的时候，如果我抬头看一眼，便会看到它。一些目睹它飞过的人说，它飞过的时候嘶嘶作响，而我却什么也没听到。住在伯克郡、萨里和密德尔塞克斯的许多人一定看到了它落地的情形，可也只是把它当作一颗陨落的流星。那天夜里，没人费心去看看落下来的是什么东西。

翌日凌晨，可怜的奥格尔维起了个大早，一心想去找陨石。夜里他见到了那颗“流星”，而且认定陨石就在豪塞尔、奥特肖和沃金镇之间的公地里。黎明刚过，他就找到了，就在离采沙场不远的地方。由于撞击的冲力，地面形成了一个巨大的坑，沙砾被冲向四面八方，荒地上形成的沙丘一英里半开外也能看见。东侧的石南树仍在燃烧，一缕淡蓝色的烟飞向黎明的天空。

那东西几乎全部埋在沙里，周遭全是它着陆时撞碎的杉树木屑。露在外面的部分像个烧结而成的大圆筒，外表是厚厚的一层褐黄色鳞状硬壳，其轮廓因此显得有些光滑。圆筒的直径约三十码。他走上前去，那东西的体积竟那么大，这使他感到吃惊，然而使他更惊讶的是它的形状，因为一般陨石差不多都是圆形的。不过，由于一直在空气中高速飞行，那东西仍然很热，他无法走近。圆筒里传出“嘎嘎”声，他以为是表面冷却不均衡所致，因为他还想不到这东西的中间会是空的。

他站在那东西落地时撞成的坑边，盯着那古怪的外形，那非同一般的形状和颜色使他感到十分惊奇。甚至在那个时候，他已依稀感觉到这东西来者不善。清晨静得出奇，太阳刚刚升上威布利治方向的松树梢，已有暖意。那天早晨，他不记得听到鸟儿鸣啭，当然也没有微风搅动树林，唯一的声音便是从那个焦炭似的圆筒里传出的蠕动声。公地里，只有他一个人。

突然，他吃惊地发现一些覆盖在“陨石”圆顶边缘的焦炭似的土褐色硬壳开始剥落，一片片地落到沙上。猛地，一大片剥落下来，伴着尖锐的响声。他的心一下子提到了嗓子眼儿。

一时间，他想不出这意味着什么。虽然那东西仍然很热，他还是费力地爬下沙坑，走到近前，想看个究竟。他那时仍然以为物体冷却是硬壳剥落的原因，可是有一点他想不通，那就是只有圆筒顶部的硬壳在剥落。

这时，他发现筒的圆顶在缓缓地旋转，异常缓慢。他察觉到这一点，只是因为注意到有个黑色标记五分钟前还在靠近自己的这一边，现在却到了远离自己的另一边。即使那时他也不太明白这意味着什么，直到听到发闷的一声摩擦声，看到那个黑色标记向前跳移了大约一英寸，他一下子都明白了。这个圆筒是人造的，里面是空的，顶部是可以开启的螺旋门，里面有什么东西想把顶部旋开！

“天哪！”奥格尔维惊呼道，“里面有人，不止一个人！快被烤死了！想逃生！”

他的思路一跳，马上把这东西与火星上的光点联系了起来。

想到里面关着生物，他担心极了。他忘了高温，朝圆筒走去，想帮着扭开顶盖。幸亏热浪阻止了他，否则仍在发红的金属会把他的手灼伤的。他一时不知所措，随后转过身，踉踉跄跄地爬出沙坑，一路狂奔，跑进沃金镇。那时大约六点钟。他碰到一位车夫，便想让他知道发生了什么事。可是他的故事太离奇，他的穿着太狼狈——他的帽子丢在沙坑里，车夫赶着马车扬长而去。他想告诉酒馆招待，也同样遭到失败。那人是豪塞尔桥边酒吧的一位招待，正在用钥匙开门。那人以为奥格尔维是跑出来的疯子，想把他锁到酒吧里，但没成功。这使奥格尔维头脑清醒了不少。他见到伦敦记者亨德森，隔着栅栏便打招呼，终于有人明白他想说的话了。

"亨德森，"他喊道，"昨天夜里你看到那颗流星了吗？"

"怎么啦？"亨德森问道。

"它就在豪塞尔公地里。"

"天哪！"亨德森舒了一口气，"陨星！落在那里最好。"

"可那不是颗简单的陨星，那是只铁罐子，人造的罐子呀！里面有东西！"

亨德森站起身来，手里拎着锄头。

"你说什么？"他一只耳朵是聋的。

奥格尔维把自己看到的对他说了一遍，亨德森用了大约一分钟才把这件事想通。他扔下锄头，披上衣服，出门上了路。两人匆匆赶到公地，见那铁罐子还躺在老地方，可是里面的声音停止了。顶盖和罐体之间露出一窄条闪亮的金属，边缘发出轻微的嘶嘶声，不知是在吸气还是在放气。

他们聆听着，用棍子敲击烧成鳞状的金属，没有回音。他们断定，里面的人不是已经失去知觉就是已经死了。

当然，他们两个人什么忙也帮不上。他们高声安慰了一番，保证了一番，便回镇上去求援。两人一身沙土，衣着零乱，奔跑在小街上。当时太阳已经高悬，阳光灿烂，店家正在下铺板，镇上的人正在开卧房窗户。亨德森立即奔向火车站，将这条消息用电报发往伦敦。报纸上曾连篇累牍地谈论火星，人们对接受此类消息已有心理准备。

到了八点钟，已有一群孩子和无事可做的人到公地去看“死火星人”——报纸上是这么说的。我是在八点四十五分取《每日时报》时第一次听见报童这么说。我自然很吃惊，感到刻不容缓，便立即出门，穿过奥特肖桥向采沙场走去。

第三章

在豪塞尔公地

我看见一堆人——大约二十个——在铁罐子落地形成的大坑边上围观。我已描述过那个嵌在地里的大家伙，它旁边的草皮和沙砾已被烧焦，就像什么东西爆炸过一样。显然，它撞击地面的时候火焰四溅。亨德森和奥格尔维不在场，我猜想他们觉着一时也没有什么法子，便到亨德森家中用早餐去了。

四五个男孩坐在坑边上，脚悬在坑里悠荡，在向那只庞然大物扔石子玩儿。我制止了他们。他们被制止之后，便开始在人群里钻来钻去，玩“捉坏蛋”游戏。

围观的人群里有两位骑自行车的，一位是我雇用过的打零工花匠，一位是抱小孩儿的女孩；屠户格里哥和他的小儿子；两三个游手好闲的人和几个高尔夫球童，他们总爱在火车站闲逛。几乎没有人作声。在那时，普通英国人中对天文学知识略知一二者也少得可怜。大部分围观者盯着像桌面似的铁罐子顶盖，那顶盖仍像奥格尔维和亨德森看到的那样。我想，这些人到这儿来是想看一堆烧焦的尸体，眼前却是个纹丝不动的大铁罐子，一定大失所望。我在那儿的那段时间里，有人走了，也有人来了。我蹒跚着爬下坑去，似乎听到脚下有什么东西在动。当然，顶盖已不旋转了。

只有当我离这东西这么近的时候，才感到它是那样的奇特。乍看上去，这东西不过是架翻倒的马车，或者是一棵被风吹倒、横在路上的大树，没什么值得大惊小怪的。可实际上并不然。表面上看，它像只半陷在地上的锈迹斑斑的“大浮筒”，可是在受过一定科学教育的人看来，它身上那灰褐色的鳞片并非普通氧化物，顶盖和罐体之间的缝隙里露出的黄白色金属光泽也很奇特。围观者中的大多数不懂得“星际”这个词是什么意思。

我当时心里清楚，这东西一定来自火星，可是我认为里面不可能有活的生物。我以为顶盖旋转是自动的。尽管奥格尔维给我讲过许多道理，我还是觉着火星上有人。我不禁想入非非：如果里面有文件，翻译起来可就难了；也许里面有钱币或者模型什么的。我对这一猜测又有点拿不准，这家伙太大了，不会只装那么一点儿东西。我迫不及待，想看到它的顶盖打开时的样子。大约十一点，什么动静也没有。我满腹狐疑地回到位于梅布利的家中，却很难静下心来搞那些抽象的研究。

下午，公地里景象大变。出版较早的晚报登出的大幅标题已经惊动了整个伦敦城：

收到火星人信息

来自沃金镇的惊人消息

诸如此类的标题，不一而足。此外，奥格尔维给天文学协会发了电报，也惊动了英国的所有天文台。

在采沙场边的路上停了许多马车，有六七辆是来自沃金镇车站的旅行马车，一辆是从乔海姆镇来的轻便马车，还有一辆看上去是大人物乘坐的四轮马车。除此之外，还有一大堆自行车。尽管天热，不少人还是从沃金镇和切特西镇步行过来。这样一来，聚集在这里的人有一大群，人群中还有一两位穿着华丽的夫人。

天气炎热，万里无云，没有一丝儿风，只有几棵稀疏的松树底下有点树荫。石南树丛的火已被扑灭，但是目光所及，朝向奥特肖镇的平地一片焦黑，仍然冒着缕缕轻烟。乔海姆镇上一位很善于经营的甜食商，派他的儿子推来一车绿苹果和姜汁啤酒卖。

我来到坑边，见坑里有六七个人。其中有亨德森、奥格尔维，还有一位身材修长、一头金发的人——后来我才知道那便是王室天文学家斯藤特，另外还有几个挥镐舞铲的工人。斯藤特用清亮高亢的嗓音发号施令。他站在圆筒上，显然圆筒已经冷却多了。他面若重枣，大汗淋漓，看上去正为什么事生气。

圆筒的大部分已经显露出来，底部却还嵌在地里面。奥格尔维见我在坑边围观的人群中，便喊我下到坑里，并问我可否去找一下希尔顿勋爵——这片庄园的主人。

奥格尔维说，人越来越多，严重妨碍了挖掘工作，特别是孩子们。他们打算搭个简易围栏，拦住人群。他告诉我，偶尔还能听到罐子里有响动，但工人们没能旋开顶盖，因为无处下手。罐子好像很厚，我们听到的是微弱的声音，但实际上里面的声音可能很大。

我很乐意照奥格尔维说的去做，并因此成为享有特权的圈内目击者之一。希尔顿不在家，他的家人说，他坐六点钟由滑铁卢始发的火车从伦敦回来。当时已经五点一刻了，我便回家吃了茶点。然后我到火车站，想在半路上截住他。

第四章
铁罐子打开了

我返回公地的时候，太阳已开始西沉。一群群的人从沃金镇方向匆匆赶来，偶有一两个人往家走。坑边的人更多了，衬映着柠檬色的天空，黑压压的一片，也许有两百多人。有人在高声叫喊，沙坑那边好像有人在搏斗。我心中闪过不祥的念头，走向近前，听到斯藤特在喊：

“往后退！往后退！”

一个男孩冲我跑来。

“动了，”我们相遇的时候他说，“开始转了，转出来了。我可不喜欢。我要回家，回家。”

我走进人群。我估计真有两三百人，你推我搡，那几位夫人也毫不示弱。

“有人掉到坑里了！”有人喊道。

“别往前去！”几个人齐声喊。

人群骚动了一会儿。我用胳膊肘开路，硬挤过人群，听到坑里传出古怪的嗡嗡声。

“听我说！”奥格尔维喊道，“帮我拦住这些白痴，还不知道那该死的东西里有什么呢！”

我看到一个年轻人，他站在圆罐上，想爬出沙坑。他是被人群挤下去的。我想他应该是沃金镇上的店员。

罐的顶盖已被从里面扭了出来，露出大约两英尺长、闪闪发光的螺丝。我被乱跑的人撞了一下，差一点就摔倒在那螺旋顶盖上。我转回身来。就在我转身的时候，罐子旋开了，顶盖咣当一声落在沙砾里。我用胳膊肘捣了一下身后的人，便转过身来看那东西。我被夕阳晃了眼，一时间，那个打开顶盖的空洞显得一片漆黑。

我猜大家都期待着看见有人从里面钻出来。也许有点不像地球人，但在本质上还是个人。记得我当时有这样的期待。可是，仔细望去，我很快就看到暗影里有什么东西在动：灰色的东西，一上一下，簇拥而出；随后出来了两只发光的圆盘，像眼睛；接下来是一种像蛇似的灰东西，手杖粗细，从蠕动的中部伸展开来，在空中冲我扭来扭去；不一会儿，又伸出来一只。

我周身一阵寒意。身后的一个女人尖叫起来。我半转过身去，眼睛仍盯着铁罐子口，从里面又伸出一些触须。我开始用力往后挤，离开坑边。我身边的人脸上惊奇的表情变成了恐惧，四周一片惊叫声，人们都在往后退，那个店员还在坑沿挣扎。我身边的人都跑光了，坑对面的人也在逃跑，斯藤特也跑在那群人中间。我又看了一眼铁罐子，一股无法控制的恐惧攫住了我，我目瞪口呆，站在那里像被钉住了似的。

一个灰蒙蒙、圆滚滚的大东西，个头儿可能跟熊差不多，正在慢慢地、十分费力地从罐子里往外爬。它探出来的身子被阳光一照，像湿皮革一样闪闪发亮。

两只深色的大眼睛紧紧地盯着我。嵌有眼睛的一大块，也就是那家伙的头，圆滚滚的，勉强可以说那上面有张脸。眼睛底下有张嘴，没有嘴唇的边缘哆哆嗦嗦，垂着涎水，大口喘着气，整个身体随着呼吸在剧烈地痉挛起伏。一支细长而又柔软的触须抓住罐子的边缘，另一支在空中挥舞。

从未见过活火星人的人很难想象那长相多么令人害怕。它的嘴很古怪，是V形的，上唇尖尖，没有眉骨，楔形下唇底下没有颌，嘴在不停地颤动，长着蛇发女怪似的一簇簇触须。它在陌生的大气层中呼吸，肺部活动剧烈。由于地球引力大，它运动起来显得很笨重，很艰难。给人印象最深的还是它那双大眼睛射出的犀利的目光。这一切让人感觉它强劲有力、神情紧张，是个行动艰难、与人类大相径庭的恶魔。它油腻腻的棕色皮肤上有蘑菇状的凸包，行动起来缓慢笨拙，令人有种无可名状的厌恶。我与它打第一个照面的时候，心中就充满了厌恶和恐惧。

那怪物突然不见了，它从罐口滚落到沙坑里。“嘭”的一声，好像丢下来一堆皮革。我听到它粗门大嗓地怪叫了一声。随后从罐口的暗影处又爬上来一只同样的东西。

我转身向离我最近的大约一百码的树丛狂奔。我侧着身磕磕绊绊地跑，脸仍冲着那些怪物。

跑到长着小松树和金雀花树的小树丛，我停住了脚步，气喘吁吁地等待事态进一步发展。人们像我一样，七零八落地站在采沙场四周的公地里，一半好奇，一半恐惧，盯着那些怪物，或者说盯着坑边上的沙堆。突然，我看到一个黑圆球在坑边跳跃，恐惧又油然而生。那是掉在坑里的店员的脑袋，由于背对着夕照强光，看上去只是一色的小球。有一阵他的肩膀和膝盖爬出了坑沿，可又滑了下去，只能看到他的脑袋。突然，他消失了，我觉得好像听到一声微弱的惨叫。我一时冲动，想回去救他，可是恐惧却使我迈不开步子。

随后，什么也看不到了。铁罐子着陆时形成的深坑和沙丘挡住了视线。刚从乔海姆镇或者沃金镇赶来的人会对眼前的情景大惑不解。人少了些，但仍有一百多人站在地沟中、树丛里、大门和栅栏后，围成一个不太圆的大圈，互相交谈着，偶尔短促、兴奋地高喊一两声，都在盯着几堆沙丘看。在火一样的晚霞里，那辆装有姜汁啤酒的手推车看上去是个怪异的黑色剪影，孤寂凄凉。采沙场里剩下一排无人照管的马车，马儿在吃悬在嘴边草料袋里的草，或者在用蹄子刨地。

第五章
热线

火星人乘坐飞船从他们的星球来到了地球。他们从铁罐子里爬出来的时候，跟我打了个照面。自那以后，我便被深深地吸引住了，到了不能自已的程度。我站在没膝深的草丛中，盯着将他们遮掩住的沙丘，就像初上战场的新兵，既害怕又好奇。

我不敢走回沙坑，但又压抑不住想看个究竟的强烈愿望，便绕着大圈子走，想找一个能看清楚的位置。我一直盯着藏有天外来客的沙丘。我看到一条犹如章鱼腿的窄黑皮鞭，在夕阳中闪现了一下便缩了回去。过了一会儿，一节一节地升出一支长杆，顶端是一只圆盘，摇来摆去转个不停。那是怎么回事呢？

围观的人差不多聚拢成两簇，一小群人在沃金镇方向，另一小堆人在乔海姆镇方向。显然，他们跟我一样，也是既害怕又好奇。离我不远有几个人，其中一位是我的邻居，不过我不知道他的姓名。我走到他身边并与他搭话，当然那会儿来不及说几句完整的话。

“丑陋的畜生！”他说，“天哪！多么丑陋的畜生！”他翻来覆去地喃喃道。

“见到坑里的人了吗？”我问道，可他没理会我的问话。我俩不说话了，并肩站着看了一会儿。大概相互傍在一起会得到某种安慰。随后我走开了，来到一座小土墩。这里比周围高出一码多，视野好一点。我回头望邻居时，发现他已向沃金镇走去。

太阳西沉，黄昏来临，事态没有进一步发展。左侧的远方，也就是沃金镇方向，人群有所增加，隐约可以听到那边的人声。在乔海姆镇方向的那一小撮人散开了。沙坑那边在干些什么，几乎没有任何消息。

正因如此，人们的胆子大起来了。我猜想从沃金镇新来的人对恢复原来围观的人的信心起了作用。不管是何种原因，随着黄昏渐深，人们开始走走停停，缓慢地向沙坑移动。铁罐子的四周，黄昏宁静依然，人们向前移动得越来越快。三三两两的人往前走几步，停下来，观察一下再接着走。人们一边走一边散开，形成一个不太规范的月牙形。从运动方向看，月牙的两端最终将会合，将沙坑围到中间。我也从自己的这一侧开始向沙坑移动。

几个马夫还有几个什么人大着胆子走进了采沙场，我听到了马蹄声和车轮声。一个年轻人推走了那辆苹果车。随后，一小队黑色人影从豪塞尔镇方向走到了离沙坑不足三十码的地方，为首的一位摇着白旗。

这是几位谈判代表。在这之前他们开了个磋商会。尽管火星人外形令人生厌，但他们显然是智慧生物，因此谈判代表决定打着白旗去接近他们，让他们知道我们也是智慧生物。

旗子哗啦啦、哗啦啦地一会儿摇向左，一会儿摆向右。我离他们太远，看不出他们是谁。后来我听说奥格尔维、斯藤特和亨德森都参与了这次对话。本来人们差不多已经围成了一个整圆，这一小群人向前移动，圆圈中间凹陷了进去。有几个人影与他们保持了一定的距离，随后跟进。

沙坑里突然闪了一下光，节奏分明地喷了三次烟，荧光闪闪的绿烟一团接一团，在无风的空气里笔直地升入空中。

天空已成深蓝色，切特西镇方向松影寥落的灰褐色公地已经模糊不清。绿烟（也许说火焰更合适）非常明亮，它升起来的时候，衬得天空和景物漆黑一团；它消散后四周更加黑暗。就在这时，传来一阵嘶嘶的响声。

在沙坑对面，打白旗的那群人正在像楔子一样向沙坑逼近。远远看去，像黑土地上一小簇笔直的小草。他们被这一现象震住了。绿烟升起处，他们的脸被映得白中泛绿，随即陷入黑暗。慢慢地，嘶嘶声变成低鸣声，接着变成震耳的嗡嗡声。一个宛如倒扣着的锅一样的东西缓缓地从坑里升了出来，里面闪出鬼火一样的光线。

与此同时，那群七零八落的人纷纷起火，好像无形的火焰喷射到他们身上，银光一闪，他们转瞬间都变成了白亮的火球。

借助他们燃烧自我的火焰，我看到他们踉踉跄跄地扑倒在地，他们的追随者转身往回跑。

我站在那里目瞪口呆，还没意识到死神正在一个接一个地攫走远处那群人的生命。我只感到很奇怪。一道几乎毫无声息的强光扫过，人就一头栽倒，纹丝不动了。无形的光柱到处闪动，松树戛然燃烧，干枯的金雀花丛"轰"的一声变成一片火海。远处纳普山方向，树木、围栏、木屋猛地火光映天。

死神的火焰——这把无形的、所向披靡的热光之剑，在迅疾而又稳健地挥舞着。根据草丛起火的顺序，我意识到热剑向我劈来，可是我被惊呆了，动弹不得。我听到采沙场里噼里啪啦的燃烧声和一匹马短促的、戛然而止的嘶鸣声。随后，好像一根无形的高热手指在我和火星人之间的石南树丛中划过，采沙场周围的暗色扇形土地随即冒烟，噼啪燃烧。左侧远处，在从沃金镇火车站来公地的路上，一个什么东西轰然倒地。这时，嘶嘶声和嗡嗡声停住了，那黑色的锅状物缓缓地降到沙坑内，不见了。

这一切发生得迅雷不及掩耳，我一动不动地站在那里，目瞪口呆，被强光刺激得目眩。我呆呆地愣在那里，假如那死神之剑横扫一整圈的话，我必死无疑。然而它却停住了，没有杀死我。一时间，四周的夜色显得更加黑暗和陌生。

起伏不平的公地暗得近乎黑色，只有道路在夜幕初降的深蓝色天空下显得灰白。周遭黑暗一片，而且突然没了人声。头顶上星辰渐现，西面天边仍有一线白亮，蓝里泛绿。松树梢和豪塞尔镇的房顶在夕晖的反衬下只剩下黑色的剪影。除了细杆挑着的镜子还在那里摇摆不停，火星人和他们的仪器都看不见了。一片片灌木丛和孑然而立的松树仍余烟缭绕，残火莹莹。在沃金镇车站方向，房屋燃烧的火焰直冲向无风的夜空，像一座座尖塔。

除了这些和由此引起的难以形容的惊恐，一切如常。举着白旗像黑斑点似的那一小群人被一扫而光，而我却感觉夜晚的沉寂似乎从未被打破过。

我蓦地意识到，我是独自一人站在黑暗的公地里，无助无援。突然间，恐惧像一件重物从身外坠入心间。

我好不容易转过身来，磕磕绊绊地跑过石南树丛。

我的恐惧是一种恐慌，全无理性。我不仅怕火星人，而且也害怕身边的黄昏和沉寂。身边的人突遭残杀，这对我打击太大了。我像小孩子一样，一边跑一边无声地哭泣。我转身奔跑后再也没敢回头。

我记得当时有个奇怪的感觉：我正在被人戏弄，等我快跑到安全地带的时候，那像光一样迅疾、神秘莫测的死神便会从埋有铁罐子的沙坑里面跳出来，将我扑倒在地。

第六章
乔海姆路上的热线

火星人杀人是那样的迅疾而悄然，他们是怎么干的至今仍是个谜。许多人认为他们在一种绝对隔热的膛体中生成高热，再用一种结构不详的光滑凹镜将高热转换成平行的热线，射向选中的目标，很像灯塔用聚光镜发射光柱。不过，对于这些细节情况，没人能很确定地加以证实。不管其工作原理如何，可以断定热线是其中的要害。热，还有一种光，看不见的光，而非可见光。可燃的东西碰上这种热线便会着火，铅会化成水，铁会变软，玻璃会爆裂熔化。水碰到这种热线，顿时化成蒸汽。

那天夜里，沙坑旁的月光里躺着四十多具尸体，烧焦了，变形了，无法辨认。从豪塞尔到梅布利的公地里空无一人，火燃烧了一夜。

关于这次大屠杀的消息差不多是同时传到乔海姆镇、沃金镇和奥特肖镇的。悲剧发生的时候，沃金镇上的商店都关了门。有几个人——大概都是店员——听到一些天外来客的消息后十分好奇，便穿过豪塞尔桥，走在通往公地的路上。路的两侧围着栅栏。想象得出，一伙年轻人下班之后，打扮得干干净净，去看热闹。他们总是喜欢看热闹，往往以此为借口，搭伙同行，去享受一下调情的乐趣。想象得出，薄暮里他们一路歌声……

当然，那时沃金镇上大多数人甚至还不知道铁罐子的顶盖已经打开了，尽管可怜的亨德森已派人骑自行车到邮局去，专门给一家晚报发了份电报。

这伙人三三两两地来到野外，发现人们一堆一簇兴奋地议论着，与此同时都在盯着沙坑上方旋转的镜子。不用说，这伙新来的人很快被这种场合的兴奋情绪感染了。

截止到八点半，也就是那帮谈判代表被杀死之时，这里聚集了三百多人，不算那些离开道路、走近火星人的人。这里还有三个警官，其中一个骑着马。他们按照斯藤特的指示，尽其所能阻拦人群，不让他们走近铁罐子。一些不太动脑筋和容易冲动的人在大声抗议。对他们来说，人群总是起哄、嬉闹的好场所。

斯藤特和奥格尔维料到可能会发生冲突，所以当火星人一露面，他们便从豪塞尔给军营发了电报，请求派一连士兵，保护火星人免遭暴力伤害。随后他们便返回采沙场，领人踏上了送命的谈判之路。人们对他们被杀过程的叙述与我的印象非常相像：三团绿烟，低沉的嗡嗡声，接下来人变成了火球。

不过，比起我来，那群人更是险些送命。他们之所以侥幸活下来，只是因为一座石南丛生的沙丘挡住了热线的下半部。假如那聚光镜再高出几码的话，没有人能活下来讲述当时的情景。他们看到火光闪烁，人们一个个栽倒。好像有一只无形的手在暮色中向他们匆匆地挥舞过来，一路点燃树丛。接着，一种啸叫声压倒了沙坑里传来的嗡嗡声，射线擦着他们的头皮而过，路旁的毛榉梢燃烧起来，砖瓦崩裂，玻璃爆碎，窗框起火，紧靠拐角处一座房子的山墙轰然倒塌。

听着突如其来的轰隆声、啸叫声，看着烈焰腾腾的树木，恐慌的人群一时似乎不知所措。火星的碎屑和燃烧的树枝开始往地上落，一片片的树叶便是一团团火焰。人们的帽子和衣服着火了。这时，从公地里传来一阵惨叫。有人在尖叫，有人在高声喊着什么。突然，一名警官骑着马从混乱的人群中飞奔而过，手捂着脑袋，高声尖叫着。

“他们来了！”一位妇女尖叫道。大家不由自主地转身推开身后的人，夺路向沃金镇跑去，像一群羊似的四处乱窜。在两侧有堤、道路狭窄黑暗的地方，人群挤作一团，争相逃命。那群人并未全部逃生，至少有三个人——两名妇女、一个小男孩——被挤倒、践踏，死在恐怖和黑暗里。

第七章

我是怎样回到家的

说到我自己，我记不得是怎样逃出来的，只记得一会儿撞到树上，一会儿摔倒在石南树丛中。在我周围充满了火星人带来的恐怖：那把无情的热能之剑好像在砍来劈去，在我头顶挥舞着，随时会劈下来，将我杀死。我跑上了从豪塞尔到十字路口的路，沿着这条路跑到了十字路口。

后来我再也走不动了。一阵惊吓、一番狂奔使我心力交瘁，我摇摆了几下便倒在了路边。那里是煤气厂旁，离运河桥不远。我躺在地上一动不动。

我一定在那里躺了很久。

我坐起身来，有一种莫名的困惑，一时间弄不清自己怎么会在那儿。恐惧像衣服一样从我身上脱了下来。我的帽子不见了，衣领也从衣服的勾扣上脱落下来。几分钟之前，在我面前只有三件事情是真实的：广袤无边的暗夜、空间和大自然；我自己的纤弱和痛苦；正在向我逼近的死亡。现在却好像一切都发生了转变，看问题的观点突然改变了。从一种心境转变为另一种心境，全然没有合乎逻辑的过程。转瞬间，我又是平日的我了，一个体面的普通公民。沉寂的公地、跑的冲动、腾起的烈焰，好像都是梦里的事情。我问自己，那些可怕的事情难道真的发生过吗？我感到难以置信。

我站起身来，摇摇晃晃地走上坡度很陡的拱形桥面。我的脑海一片空白，肉体和神经似乎已无一丝力气。我肯定像个醉汉，蹒跚而行。桥拱对面先是露出一个头来，接着便出现了一个提篮工人的身影，他身边有一个小男孩在跟着跑。他与我擦身而过的时候向我道晚安。我想告诉他点什么，却无力说出。对他的问候我只是咕哝了一句，便过了桥。

一列火车喷吐着浓浓的白烟，长长的一串透着灯光的车窗像毛毛虫似的，穿过梅布利高架桥向南飞驰，咣咣当当、轰轰隆隆地开走了。一片房屋的山墙鳞次栉比，错落有致，被人们称作“东方台阶”，一簇隐约可见的人在其中一家门口聊天。一切都那么真实，那么熟悉。而我的身后却发生过那么可怕的事情！真是痴言狂语，荒诞不经！我自我安慰道，那种事是不可能发生的。

也许我这个人性情特别，不知道别人会不会有这样的感觉。有时候我会有一种奇怪的超脱感，超脱了自我和身边的世界。好像我在从外部观察这一切，从一个无比遥远的地方，超越了时间、空间，超越了世事的烦恼和悲哀。那天晚上这种感觉非常强烈，这是我的另外一种梦幻方式。

这里温馨静谧，而两英里开外却死神肆虐，差别太大了，我感到不安。煤气厂里传出做工的声音，电灯也都亮了起来。我在那簇人跟前停住了脚步。

“公地那边有什么消息？”我问道。

大门前站着两男一女。

“嗯？”其中一个男人转过身来，哼了一声。

“公地那边有什么消息？”我又问。

“你不是刚从那儿回来吗？”男人们齐声反问。

“公地上的事把大家搞得神经兮兮的，”门里的女人说，“到底出什么事了？”

“听说过火星人吗？”我说，“火星上的生物？”

“都听够了，”门里的女人说，“多谢了。”三人都笑了起来。

我觉得自己被愚弄了，很生气。我尽我所能，想把看到的情况告诉他们，可是却做不到。他们听我东一句、西一句的，又哈哈笑了起来。

“你们会听到更多消息的。”说完我便往家走。

我的样子十分憔悴，妻子开门看见我时吓了一跳。我走进餐厅，坐下来喝了点酒。我刚有所恢复，便对她讲了所见到的一切。晚饭早就摆上桌，已经凉透了，我讲述经历时谁也没吃一口。

“可是有一点，”为缓和一下我引起的恐怖气氛，我补充道，

“他们爬动起来慢得很，是我见过的最笨拙的东西。他们可能会守在坑里，杀死想接近他们的人，但他们却爬不出那沙坑……可是多么可怕呀！”

“别说下去了，亲爱的！”妻子说。她皱着眉头，把手搭在我手上。

“可怜的奥格尔维！”我说，“难以置信，他竟会死在那里，躺在荒郊野外！”

至少妻子没有认为我的叙述荒诞不经。我见她的脸像死人一样惨白，便戛然而止。

“他们会到这儿来的。”她一遍又一遍地喃喃道。

我逼着她喝了点酒，尽量安慰她。

“他们挪不动窝的。”我说。

我开始重复奥格尔维和我说过的理论，来安慰她和我自己：火星人是不可能在地球上长期居住的。我特别强调重力给他们造成的困难。地球表面的重力是火星表面重力的三倍，因此火星人在地球上要比在火星上重三倍，而他们的体力却不增加，他们的躯体会像铅袍子一样沉重。这的确是一种普遍的观点。例如，第二天的《泰晤士报》和《每日电讯》都强调了这一点，都像我一样忽略了两种补偿作用。

我们现在知道，地球的大气层所含的氧气比火星的气层多得多，而所含的氩又少得多（尽管说法不同）。充足的氧气对火星人具有补充精力的作用，毫无疑问，这在很大程度上抵消了他们体重增加的不利因素。再者，我们都忽视了一个事实：火星人在机械方面的智慧超凡，必要时是可以用机器代步的。

当时我没有想到这些，因此按我的推理，这些闯入者不可能有大的作为。坐在家中，酒足饭饱，而且还要安慰妻子，我的胆子不知不觉地壮了，有了安全感。

“他们做了件傻事。”我说，手指捻动着酒杯，“毫无疑问，他们之所以具有危险性，是因为他们恐惧得失去了理性。可能他们不曾料到地球上有生物——当然没料到会有智慧生命。”

“万般无奈的情况下，”我说，“往坑里打一发炮弹，就会把他们全部消灭掉。”

目睹一连串令人高度紧张的事件，我显然有些神经过敏。时至今日，我仍出奇清晰地记着那张餐桌，亲爱的妻子甜甜的脸满是担忧地从粉色的灯罩下凝视着我，洁白的桌布上放着银的和玻璃的器皿。在那个年月，即使是写哲学文章的作者也会有不少小奢侈品。我的杯中是紫红色的酒。这一切都像照片一样清晰。我坐在桌子的一端，用烟头烧坚果，心中为奥格尔维的冒失而遗憾，责怪火星人目光短浅，胆小如鼠。

毛里求斯有身份的渡渡鸟可能也曾稳稳地待在自己的巢里，议论那一船猎禽人的到来。“亲爱的，明天我们会去把他们都啄死的。”

我当时不知道，那是我在文明的氛围中吃的最后一顿晚餐，随后便是许多充满怪诞和恐怖的日日夜夜。

第八章
星期五晚上

星期五那天发生了许多神秘怪异的事情，但在我看来，最非同寻常的是：人们竟能在翻天覆地的大事变已露端倪之后，迅速地恢复日常的生活秩序。如果你在星期五晚上，拿一副大圆规，取五英里为半径，绕沃金镇采沙场画个圆圈，我想斯藤特和那三四个从伦敦骑自行车来的人死在了公地，他们的亲属可能正在悲哀。除了他们之外，在那五英里半径的圈外，没有谁的感情或者生活习惯受到了外星人到来的影响。当然，许多人听说过那只铁罐子，闲暇时也会议论上几句，但绝不像向德国发最后通牒那样引起轰动。

那天晚上，可怜的亨德森那份关于铁罐子顶盖正被旋开的电报在伦敦被认定为谣传。晚报社给他发了份要求证实的电报，没收到回电——人已经死了，便决定不发号外。

即使在五英里半径的圈内，绝大多数人依然我行我素。我已描述过同我谈话的那些男女的言行。在整个区域内，有的家在用晚餐；下班后的工人在整理花园；孩子们上床睡觉了；年轻人走街串巷，谈情说爱；学生在温习功课。

也许村里有些街谈巷议，酒吧里也把这件事当作一个重要的新颖话题，偶尔有个传信人，甚至是事件的目击者，掀起一股兴奋的旋风，有人喊叫一声，有人跑来跑去。但总体而言，人们吃喝作息一如既往，似乎天上根本就没有什么火星。甚至在沃金镇火车站，在豪塞尔镇和乔海姆镇，情况也不例外。

在沃金镇车站，直到深夜，火车进进出出，还有一些火车在侧轨上转轨，旅客下车、候车，一切如故。镇上的一个男孩在叫卖刊有下午消息的报纸，这侵犯了史密斯公司的垄断权。从车站那边传来车厢的咣当声，机车尖厉的汽笛声，伴着报童的叫卖声："火星人来了！"大约九点钟，神色慌张的人来到车站，带来令人难以置信的消息，人们像听醉汉妄语，没感到什么不安。在开往伦敦的隆隆的火车里，人们向窗外的黑暗里张望，只看到豪塞尔方向有一小团火在摇曳闪烁，一线映红了的天，一缕轻烟在星辰之间飘逸。他们认为至多是草地着火。只有在公地的边缘才有些不安的感觉。沃金镇边上的六七栋别墅在燃烧。三个镇子朝向公地的窗子里都亮着灯光，房子里的人彻夜未眠。

在乔海姆镇和豪塞尔桥头各有一群忐忑不安却又心存好奇的人，有走的，也有来的，所以人群并未走散。事后才发现，有那么一两个喜欢冒险的人走进暗处，爬到离火星人很近的地方，不过再也没能回来。因为每隔一会儿，就会有军舰探照灯似的光柱在公地上扫来扫去，一旦发现目标，热线随后就到。除此而外，空旷的公地悄然无声，一派荒凉，星光下横七竖八地躺着烧焦的尸体。他们在那里躺了一夜，第二天也还躺在那里。许多人听到沙坑里传来锤子的叮当声。

现在你了解星期五夜里的情形了吧。中心是那个圆柱状的铁罐子，它像一根毒刺扎在地球的皮肤里，不过那上面的毒液还没发挥作用呢。在它周围是一大片寂静的公地，有的地方还在隐隐燃烧，隐约可见几个变形的黑影七零八落地卧在那里。到处可见燃烧的草丛和树木。公地外面是一圈激动不安的人，战火还没烧到这一圈人之外，圈外的世界仍然按照亘古不变的方式生活着。会使血脉阻滞、神经僵化、大脑毁坏的战争瘟疫还处在潜伏阶段。

火星人一整夜都在敲打，忙碌不停，毫无困倦地准备着他们的机器。不时有一股白中泛绿的烟袅袅升入星空。

大约十一点钟，一连士兵从豪塞尔方向开了进来，沿公地边缘部署，形成警戒线。稍晚些时候，从乔海姆镇方向又开进一连士兵，部署在公地的北面。这天早些时候从因克曼来了几名军官，据称其中一位伊登少校已经失踪。该团的上校来到乔海姆镇桥，半夜里还在忙着向人们询问情况。军方官员显然明白了事态的严重程度。第二天，早报终于报道说，大约十一点，一营轻骑兵携带两挺马克沁机枪、大约四百骑兵由阿尔德肖特开拔。

半夜刚过几秒，在沃金镇方向的切特西路上，聚集在那里的人群看见一颗星从天而降，落在西北方向的松林里。这颗星绿幽幽的，无声，雪亮，像夏天里的闪电。这是第二只铁罐子。

第九章
大战开始了

在我的记忆里，那个星期六是充满悬念的一天，也是慵懒的一天。天气又热又闷，据说气压也变幻无常。妻子睡熟了，我却几乎没睡觉，很早就起床。早餐前我来到花园里，站在那里聆听，公地方向没有一丝动静，只有一只云雀在啼鸣。

送牛奶的像往常一样来了。我听到叮叮当当的马车响，于是绕到侧门，去询问有什么新消息。他告诉我，军队夜里包围了火星人，大炮马上就运到。这时传来了熟悉而又令人欣慰的声音，我听到一列火车正向沃金镇开去。

“可能的话，”送牛奶的说，“他们不会被杀死的。”

我看见邻居在修整花园，便过去跟他聊了一会儿天，然后回屋吃早餐。这天早上毫无特殊之处。我的邻居认为，军队在当天便可抓住或消灭那些火星人。

“遗憾的是他们丝毫不让接近，”他说，“要是能知道他们在另一个星球上是怎样生活的该有多好啊！我们也许能学到点东西。”

他走近围栏，递过来一把草莓。他酷爱园艺，也特别喜欢与人分享果实。与此同时，他告诉我，在拜弗利特高尔夫球场附近燃起了松林大火。

“人们说，”我说道，“在那里又落下一个东西——第二只铁罐子。当然一个也就足够了。来得太多了，等到算总账的时候，保险公司可要赔大钱喽。”这时他笑了起来，一副幽默大师的表情。他指着一团烟雾对我说，松林还在燃烧。“那里的地上有厚厚的一层松针和草皮，这下脚底下可以暖和些日子了。”他说。随后他又神色严峻地谈了会儿“可怜的奥格尔维”。

早饭后我不想工作，便决定去公地看看。在铁路桥下，我遇到几个士兵，他们戴着小圆帽，肮脏的红上衣没系扣子，露出蓝衬衣，下身穿深色裤子，长筒靴子直到腿肚子。我想他们是工兵。他们说任何人不准过河。我放眼沿路向桥那边张望，见一名骑兵在那里站岗。我同这些士兵聊了一会儿，给他们讲了前一天晚上见到火星人的情景。他们当中没人见过火星人，对火星人几乎一无所知，所以向我刨根问底。他们说不知是谁批准的这次军队行动。我从他们的话中得知，皇家骑兵禁卫军司令部里曾发生过争执。普通工兵的受教育程度要比一般士兵高得多，他们在谈论可能发生战斗的特点时很能切中要害。我给他们讲述了热线的情况，他们便争论了起来。

“依我说，就顶着盾牌爬过去，夺下他们的阵地。”一名士兵说道。

“真是个好主意！”另一个说道，“盾牌能挡住热线吗？对着你照就把你烤熟了！我们应当利用地形尽量接近他们，然后挖条战壕。”

“让你的战壕见鬼去吧！你总喜欢挖壕沟，你就该是只兔子，小不点儿。”

“那么，他们有脖子吗？”第三个人突然问道。这是一个皮肤黝黑的小个子，一脸沉思地抽着烟斗。

我又将火星人描述了一遍。

“章鱼，”他说道，“我说他们是章鱼。过去常说咱们是渔民，专门捕捉坏蛋，这一次却真要跟鱼开战了！”

“杀死这样的野兽算不上杀人。”第一位又说。

“为什么不用大炮轰，送他们回老家？”小个子、黑皮肤的士兵说，“说不准他们能干出点什么事来。”

“到哪儿找炮弹？”第一位反问道，“没有时间。发起突然攻击，而且立即进攻，这就是我的意见。”

他们这样议论着。过了一会儿，我离开了他们，去火车站买了能买到的所有报纸。

可是我不想平铺直叙那漫长的上午和下午，那样会使读者厌倦。我没能看到公地，因为连豪塞尔和乔海姆镇的教堂塔楼也被军方控制了。我同士兵交谈，可他们什么也不知道。军官们都神秘兮兮而且也没空与我交谈。我觉得，有军队在这儿驻扎，镇上的居民又有安全感了。我第一次听说，烟草商马歇尔的儿子在公地被杀死了。士兵们让豪塞尔镇边上的居民锁上房门，暂时撤离。

大约两点，我回家吃午饭。我感觉很疲劳，因为我说过，那天非常热，非常闷；下午我洗了个冷水澡，提提精神。大约四点半，我去火车站买晚报。晨报只有关于斯藤特、亨德森、奥格尔维和其他人被杀的不太确切的报道，对我来说没有多少新消息。火星人根本没再露面，他们好像在沙坑里忙碌着什么。坑里传来叮当的锤声，烟几乎一刻不停地冒着。显然他们在为搏斗做准备。“重新尝试向火星人发信号，但却未获成功。”这是报上已成俗套的语言。一位工兵告诉我，信号是由一个人躲在沟里、用长竿挑着旗子发出的。火星人对此举兴趣不大，应该和我们听到母牛叫的感觉差不多。

我得承认，看到这么多军事装备积极备战的场面，我感到非常兴奋。我的想象也富有攻击性了，我想象出许多进攻的方式来打败入侵者，小学时代想当战斗英雄的梦想有所复苏。在我当时看来，这种战争不太公平。他们缩在坑里，孤立无援。

大约三点钟，从切特西或是阿德尔斯通传来轰隆轰隆的炮声，隔一会儿打一炮，有条不紊。听说是在向落下第二只铁罐子的松林里打炮，松林余火未熄，军队想在第二只铁罐子打开之前将其摧毁。五点左右，一门野战炮被拖到了乔海姆镇，用来轰击火星人的第一个“飞船”。

大约晚上六点钟，我同妻子正在凉亭里喝茶，兴致勃勃地谈论着这场即将来临的大战。我听到公地那边传来一声沉闷的引爆声，紧接着是一阵枪响，然后是一声巨大的轰响，离我们很近，地也被震得发抖。我赶紧跑到草坪上，看到东方学院附近的树梢腾起浓烟和烈焰，学院旁边小教堂的钟楼塌了下来，清真寺的尖顶不见了，学院的房顶好像被一百吨的大炮打过一样。我们房子的一座烟囱似乎被炮弹击中，崩碎了，其中一段从瓦上哗哗啦啦地滚下来，在我书房窗外的花坛里摔成一堆红瓦砾。

我同妻子站在那里，惊呆了。这时我意识到，作为障碍物的学院已不复存在，梅布利山顶已在火星人热线的射程之内。

想到此，我顾不上礼节，拽着妻子的胳膊跑到马路上。随后我又把用人拖了出来，她大声喊着要去拿她的箱子，我说我会上楼去给她取。

“我们不能再待在这儿了。”我说。就在我说话的时候，公地里又响起了一阵射击的声音。

“可是我们到哪儿去呢？”妻子恐惧地问道。

我思索起来，感到一片茫然。终于，我想起她在莱泽海德的堂兄嫂。

“去莱泽海德？”我高声喊道，想盖过骤然响起的嘈杂声。

她转过脸向山下看，看到人们纷纷惊慌地跑出家门。

“我们怎么去呢？”

山下有一群骑兵聚集在铁路桥下，三名骑兵骑着马从东方学院的大门里飞奔而出，两名骑兵从马上下来，开始挨家挨户地跑。太阳笼罩着从树丛里升起的浓烟，呈血红色，给大地撒上了一层陌生的火光。

“待在这儿，”我说，“这儿安全。”说完我便往花狗旅店跑，我知道那店主有一辆马车和一匹马。我意识到，过不了一会儿山这面的人家都得迁徙，所以快跑起来。我在酒吧里找到了他，他还不知道屋后发生的事情。有一个人背对着我，正同他讲话。

“我得要一镑，”店主说，“而且不带马夫。”

“我给两镑。”我在那陌生人身后说。

“用车干什么？”

“午夜前还给你。”我保证道。

“天哪！”店主惊道，“干吗那么急呀？我这是在做什么生意呀？你愿意出两镑，而且马上送还？这是怎么回事呵？”

我急忙向他解释说，我必须撤离我的家。就这样我租到了马车。当时我看不出店主有必要像我一样立即离开家。我执意马上就离开家，赶上马车就走了。我让妻子和用人照看马车，自己则奔回家中，包了一些诸如银盘之类的值钱东西。我在屋里忙这些事的时候，房子下方的山榉树开始着火了，沿路的围篱被映得火红。这时，一名没骑马的骑兵跑过来，挨家挨户催人赶紧撤离。我拖着用桌布包的细软走出前门，见那名骑兵正继续往前跑，我冲着他的背影大声问道：

“有什么新消息？”

他转过身来瞪了我一眼，嚷了一句，大意是“他们坐着盘盖儿似的东西爬上来了”。接着，他便朝山顶一户人家的大门跑去。路上突然卷来一团黑烟，遮住了骑兵的身影。我知道邻居夫妇已锁上门去伦敦了，可我还是跑过去拍打了一会儿门，直到确信他们真的已经离开。我曾答应用人要带上他的箱子，便又回到屋里，取上他的箱子，拖了出来，啪的一声放在车尾用人的身边，然后抓住缰绳，跳到妻子旁边赶车人的座位上。不大一会儿，我们便脱离了浓烟和轰鸣声。我拍打着马屁股，我们从梅布利山的背面下山，向沃金老城奔去。

眼前阳光灿烂，一派静谧的景色。麦田躺在前方的道路两侧，梅布利旅店的招牌摇来晃去。我看到医生的马车走在前面。到了山脚下，我回过头来看看我家所在的那面山坡，只见一团团浓烟夹着红色的火苗直冲向没有一丝风的天空，给东方的绿树丛投下了暗影。烟已向东西蔓延了很远，东到拜弗利特松林，西到沃金镇。路上有星星点点的人影，正朝我们这个方向跑来。透过炎热、静滞的空气，可以听到微弱却清脆的炮声，机枪声嗒嗒嗒嗒，不一会儿就哑了，步枪声砰砰啪啪，断断续续。显然，火星人把热线射程内的一切都点燃了。

我赶马车不在行，很快就不得不收回视线，聚精会神地驾驭马车。等我再回头看的时候，黑烟已被另一座山挡住了。我用鞭子抽了马一下，放松缰绳，马车一路飞奔。我们不仅把战乱是非之地抛在后面，也把沃金镇和森德镇抛到了后边。在从沃金镇到森德镇的路上，我们超过了医生的马车。

第十章
暴风雨中

莱泽海德镇离梅布利山大约十二英里。穿过匹尔福德镇外的草地的时候，空气中弥漫着干草的气息，路两旁篱笆上开满了争芳斗艳的野蔷薇。我们从梅布利山下来时突然响起的激烈枪声已经戛然停止了，傍晚愈发显得安详宁静。一路上没遇到什么麻烦，大约九点钟，我们到了莱泽海德镇。我们与堂兄嫂一起吃了晚饭，并把我妻子托付给他们照料。此时，那匹马也歇息了一个来钟头。

一路上，我妻子沉默得出奇，好像被一种不祥的预感压抑着。我安慰她，给她讲火星人自身太重，爬不出沙坑，至多也只能在沙坑附近爬动，可她却只是嗯嗯啊啊。若不是我向店主打过保票，那天晚上她会逼我在莱泽海德住下来的。我若住下来就好喽！我记得分手的时候她面色苍白。

就我而言，一整天都处在狂热的兴奋之中。战争的狂热病有时候会在文明的社会群体中流传，这种狂热已侵入我的血液。在内心深处，我并不为当天晚上必须赶回梅布利而感到特别沮丧，我甚至很担心最后那阵枪炮齐鸣已经消灭了从火星来的入侵者。对我当时的心情最恰当的表述是，我想亲眼看到火星人是怎么样被打死的。

我踏上回返路程时已差不多十一点了，夜黑得出奇。从堂兄嫂家灯火通明的过道走出来，我觉着夜黑得伸手不见五指，气温仍像白天那样闷热。天上的云在疾走，而身边的树丛却一动不动，一丝儿风也没有。堂兄嫂的仆人把马车上的两盏灯都点着了。幸运的是，我对道路了如指掌。妻子站在门口的灯光里看着我跳上马车，然后蓦地转回身，走进屋去，只剩下堂兄嫂肩并肩地站在那里祝我好运。

起初，我受妻子恐惧心理的感染，心情有点沉重。可不久，我的思绪便转到火星人的问题上去了。当时我对那天晚上的战事还一无所知，我甚至不知道冲突是怎样挑起的。穿过奥克海姆的时候（我返回的时候选择了奥克海姆这条路，没走森德和沃金镇那条路），我看到西边地平线上一片血红色的火光。我越走越近，火光也似乎在慢慢升高。疾走的暴风雨云团与夹着红色火焰的黑烟在那里交织到一起。

利普雷大街上空无一人，除了一两个窗口透着灯光，镇上没有一点儿生机；可是在去匹尔福德镇的拐角处，我差一点撞了人。一簇人背对着我站在那里，我路过的时候，他们什么也没说。我不知道他们了解多少山那边的事情；也不知道我路过的那些静寂房屋的主人是安稳地睡着了还是早就弃屋逃跑了，也许是在忧心忡忡地监视着充满恐怖的夜空吧。

从利普雷开始，直到穿过匹尔福德镇，我一直都是在威伊山的山谷里，看不到红色的火光。当我爬上匹尔福德教堂那一边的小山时，便又能见到火光了。风刮了起来，周围的树哗哗作响，预示着暴风雨的来临。这时，我听到身后的教堂敲响了子夜的钟声。没过多久，我便能看到梅布利山的剪影了，衬着红色的火光，山顶上的树梢和屋顶显得格外黑。

我正在往前张望，这时一道惨白的光照亮了我身边的路，也袒露出了远处阿德尔斯通方向的树林。我感到马拽了一下缰绳。一线绿火划破疾走的乌云，照出层云的狰狞，转瞬落到了我左边的田地里。这是第三颗“流星”。

紧接着，暴风雨前的闪电惊天劈地，与那道绿火相比，闪电是一片炫目的紫光。闷雷听上去宛如天空飞着火箭。马咬着嚼子埋头急走。

通往梅布利山脚的路是个缓坡，马车叮哩当啷地往坡下走。闪电开始后便一道接一道，我还是头一次见到这种连续不断的闪电。雷鸣接踵而至，夹着一种奇怪的裂帛声音，听上去更像一台巨大的发电机，而非正常的震天动地的炸雷声。电光闪闪，令人眼花缭乱。就在我赶着马车往坡下走的时候，一阵细碎的冰雹恶狠狠地打在我的脸上。

起初，我除了眼前的路无暇顾及其他。可是突然，我的注意力被对面梅布利山坡上飞驰而下的一样东西吸引了。我起先以为是个湿漉漉的屋顶，可是几道闪电过后，我看出来那东西好像在飞快地滚动。周围是混沌的黑夜，看不清那东西究竟是什么。闪电来时，明若白昼，我看到了山顶附近孤儿院的红色建筑、绿色松林，那东西也清晰明亮地显现出来。

我看到的这个东西真是难以描述！那是个三脚怪，比一般房子要高，正跨过小松树丛大踏步走来，把它们踩倒在旁边。那是个会走路的闪闪发光的金属机器，正在穿过石南树丛，周身荡着叮当作响的钢索，哗啦哗啦的行走声同雷鸣声交织在一起。它清晰地出现在一道闪电中，一只脚着地，另两只脚抬在空中，随后突然陷入黑暗。第二道闪电接踵而至，它又露了出来，可这一次离我近了有一百码。你能想象一个挤牛奶的凳子在地上东摇西摆地狂奔吗？这就是忽明忽暗的闪电给人的印象。想象一下，这不是挤牛奶的凳子，而是有三条腿的大机器。

我前面的松林突然被什么东西分开来，纷纷向两侧和前方倒下，就像苇丛被奔跑的人拨开一样。又出现了一只三脚怪，好像正向我扑来。而我却一路飞奔，像要去与它撞个满怀。见到这只怪物，我一下子蒙了。没顾得上看第二眼，我猛地将马头向右勒，顿时马车倒竖，砸在马身上，车轴啪的一声断了，我被斜甩了出去，重重地摔在一个浅水坑里。

我几乎马上就爬出来了，脚却还在水里，蜷缩在一簇金雀花下。马躺在那里，纹丝不动（马的脖子摔断了，可怜的畜生！）。闪电里，我看到翻倒的马车，黑影一团，车轮还在慢慢地旋转。不一会儿，那座大机器从我身边经过，沿着到匹尔福德镇的坡路大踏步向上走去。

从近处看，这东西非常奇特，因为它不仅仅是台毫无感觉的会走路的机器。它的确是台机器，走起路来有叮当作响的金属声，长而灵活、闪闪发光的触须（其中一只还抓着棵小松树）丁零当啷地在那怪异的躯体旁晃来荡去。它大步流星的时候能择路而行，顶部的青铜面罩转来扭去，显然是颗脑袋在四处张望。主体的后面是个形状像鱼篓的大白金属块。怪物从我身边窜过的时候，肢体的衔接处喷吐着绿烟。转瞬间，它就走远了。

这就是我当时目睹的一切。闪电阵阵，一会儿强光刺眼，一会儿漆黑一团，我所看到的这些也模糊不清。

怪物跑过的时候发出震耳欲聋的呼叫，淹没了雷声。“啊噜！啊噜！”不一会儿，它便在半英里开外的地方与同伙会合了，双双弯着身子在看地上的什么东西。我断定那便是从火星上发射来的第三只罐子。

我在黑暗里躺在雨中观察了好几分钟，借着忽明忽暗的闪电，看到远处围栅上方露出金属怪物活动的身影。细碎的冰雹又下了起来，时骤时停，怪物的身影也一会儿模糊，一会儿清晰。有时好长一段时间没有闪电，它们的身影也就被黑夜吞没了。

上面是冰雹，下面是水坑，我浑身都湿透了。我惊得全然不觉，过了好长时间才挣扎着爬到水坑边上干燥一点的地方，想到自己正处在十分危险的境地。

离我不远处有一座小木屋，周围是一片白薯地。我终于挣扎着站起来，猫着腰，利用一切可遮掩我的地形，跑到木屋跟前。我拼命敲门，却没法让里面的人听见（如果里面有人的话）。过了一会儿，我放弃了，便利用地沟爬了大半路，然后爬进了通往梅布利镇的松林。怪物没能发现我。

在松林的掩护下我继续往家走，浑身湿淋淋的，抖作一团。我在林间穿行，设法找到那条小路。松林中黑极了，闪电也不那么频了。雨雹倾盆，水柱从树冠的缺口处泄下。

如果我当时完全弄明白所见到的情景意味着什么，便会绕道穿过拜弗利特镇到考布海姆大街，然后回到莱泽海德我妻子的身边。可是那天夜里我没那样做，我感到周围的一切都那么陌生，身体也不适。我遍体鳞伤，浑身湿透，闪电雷鸣弄得我眼花耳鸣。

朦胧中，我似乎只想回到家中，这是我唯一的动机。我在林间蹒跚，摔倒在沟里，膝盖在木板上撞破了，终于趟到了通往学院分部的小巷。我之所以说“趟”，是因为雨水卷着沙土从山上冲了下来。黑暗中，有个人把我撞得向后退了好几步。

他惊恐地大叫一声，一下子跳到一旁。我还没来得及回过神来问他话，他又接着往前跑去了。这里的暴风雨尤显猛烈，我步履艰难地往山上走。我贴着左侧的栅栏慢慢往前蹭。

快到山顶的时候，我脚下被一件柔软的东西绊了一下。闪电中我看见胯下是一堆绒呢衣服和一双靴子。我还没来得及看清那人是怎么躺的，闪电消失了。我跨着那人站在那里，等待下一次闪电。天上终于又亮起了闪电。我见那人挺壮实，穿戴不豪华却也不陋俗。他的头别在身子底下，身子紧贴在围栅上，好像被猛力掼到上面。

没摸过尸体的人都不愿去碰尸体。我强忍厌恶，弯下身，把他翻过来，试试还有没有呼吸。他已死去多时了，他的脖子显然摔断了。第三次闪电亮起的时候，他的脸猛然展现在我的面前，我赶忙站起身。这是花狗旅店的店主，我借走了他的马车。

我小心翼翼地从他身上迈过，继续朝山上走，走过警察局和学院分部，向家走去。山坡上没起火，但公地那边仍然有火光和夹着火苗的滚滚浓烟在与倾盆暴雨抗争。闪电中，我向四周张望，发现身边的房屋基本没遭破坏，学院分部旁边的路上有一堆黑影。

在通往梅布利桥的路上有人声和脚步声，可我没有勇气叫喊或者去找他们。我用钥匙把门打开，返身关门，上了锁，又插上销，蹒跚着走到楼梯口坐了下来。我满脑子都是大步行走的金属怪物和摔烂在围栏上的尸体。

我靠着墙蜷缩在楼梯口，浑身抖个不停。

第十一章

在窗前

情绪这东西怪得很，它产生的波澜会自己平息。我呆坐了一会儿，发现所坐的楼梯口的地毯上已形成了一个小水塘，我身上又冷又湿。我几乎是机械地站起身来，走进餐厅，喝了点儿威士忌，然后去换衣服。

做完这一切，我上楼去书房，我也不知道为什么要去书房。从书房的窗户可以看到豪塞尔公地方向的树丛和铁路。走的时候匆忙，竟忘了关这扇窗。过道里漆黑一团，窗外景色明亮，衬得靠窗的那面墙暗得出奇。走到书房门口，我突然停住了。

雷暴雨已经过去了。东方学院的尖塔和周围的松树都不见了，采沙场周围在火光映照下清晰可见，奇形怪状的巨大黑影在光影里忙来忙去。

那个方向似乎没有什么地方不在燃烧，宽阔的山坡上伸出的无数火舌随着雨后的阵风摇来扭去，将天上疾走的乌云映得通红。每隔一会儿，附近火堆的浓烟便会飘到窗前，遮住火星人的身影。我看不清他们在干什么，更看不清他们是什么样子。他们好像在忙着制造什么东西。我也看不到近处的火焰，只能看到一闪一闪的火光映在墙上和书房的天花板上。空气中弥漫着浓烈的烧焦了的树脂气味。

我轻轻地把门关上，悄悄地走向窗口。窗外的视野变得宽阔了，从窗的一侧能看到沃金镇车站附近的房子，从另一侧能看到烧得焦黑的拜弗利特松林。山下铁路上、拱门旁有亮光，梅布利公路和火车站旁街道上的几幢房子在燃烧。起初，我对铁路上的亮光感到困惑，那里有一团黑色的东西、一堆明亮的火焰，右侧还有一串黄色的长方形盒子。后来我才意识到，那是一列遭到袭击的火车，前部已被打烂了，而且还在燃烧，后面的车厢还在铁轨上。

房子在燃烧，火车在燃烧，乔海姆镇方向的山坡在燃烧，在这三大堆火光之间是一片片黑暗的土地，这里一团火，那里一缕烟，显得支离破碎。黑色的土地上火焰四起，真是一副奇特的景象。这使我首先联想到了陶窑林立、火光点点的夜间景象。起初，尽管我仔细寻找，却看不到一个人。后来，我看到在沃金镇火车站的火光里有几个黑色的人影一个接一个地匆匆穿过铁路。

这就是我安安稳稳生活多年的家园，简直成了一片火海！我仍然不知道在过去的七个小时里发生了什么事情。我虽然已开始有些感觉，但还不知道我亲眼所见的那些从铁罐子里爬出来的笨家伙，与这些机械大怪物之间是什么关系。出于一种奇特的研究兴趣，我把椅子搬到窗前坐下来，盯着这片焦黑的土地，特别是那三个在采沙场附近的火光里忙忙碌碌的大黑家伙。

它们看上去忙得出奇。我暗自思忖它们会是什么，是智能机器吗？我觉着不太可能。那么是每个机器里面都坐着一个火星人，如同人控制自己的四肢一样在那里控制、指挥机器吗？我将那机器与人造机器相比较，第一次向自己提出这样的问题：智能低下的动物会怎样看待穿铁皮的机器和蒸汽机呢？

暴风雨过后，天空晴朗，烟雾从燃烧的地面上升腾。在烟雾的上方，正在变暗的火星像针尖一样大小，往西沉去。这时，一名士兵走进我的花园。我听到围栏有轻微的响动，顿时从袭来的困意中振作起来。我向下一望，看到他模糊的身影正要爬过围栏。见到自己的同类，我的困意顿消，赶忙把身子探出窗外。

“喂！”我轻声招呼道。

他骑在围栏上犹疑不定。过了一会儿，他穿过草坪，走到房角。他弯着腰，脚步很轻。

“谁在那儿？”他轻声问道，站在窗下向上瞅。

“你要去哪儿？”我问道。

“鬼晓得。”

“你是在找躲的地方吧？”

“就是呀。”

“进屋吧。”我说。

我下楼打开门让他进来，又把门锁上。我看不清他的长相。他没戴帽子，衣服扣子也没系。

我把他拉进来的时候，他舒了一口气：“天哪！”

“发生什么事了？”我问道。

“什么事也没发生呀！”朦胧中，我见他做了个绝望的手势。“我们被消灭了——一扫而光。”他翻来覆去说着一句话。

他几乎是机械地随我进了餐厅。

“喝点威士忌。”我一面说着一面给他倒了一杯烈酒。

他喝完后颓然地坐到桌旁，把头埋在双臂之间，像小孩子一样抽泣起来，哭得十分伤心。我竟忘了刚刚经历的绝望，站在一边，不知道出了什么事。

好半天，他才稳定下情绪回答我的问题。他的回答支离破碎，令人费解。他是赶炮车的，七点钟才投入战斗。当时公地上枪炮声大作，据说第一批火星人正在一块金属盾牌的掩护下爬向第二只铁罐子。

后来，这块盾牌摇摇晃晃地站了起来，变成了第一个三条腿的作战机器，就是我后来看到的那种。在豪塞尔附近，炮从他赶的炮车上卸了下来，准备轰击采沙场。炮的到来引发了后来的事变。就在炮兵往后退时，他的马一脚踏进兔子窝，倒了下来，他被摔进一块凹地。与此同时，大炮在他身后爆炸，弹药也被引爆，四周一片火海。他发现自己躺在被烧焦的人和马的尸体下。

“我躺在那里一动不动，”他说，“魂儿也给吓飞了。马的前半身压在我身上。我们被消灭了。那气味，天哪！就像烧焦的肉！我的背被马压伤了，只好躺在那里恢复一下。一分钟之前还像阅兵一样——突然绊一跤，‘嘭’的一声，转瞬间，全被消灭了！”

他在马尸底下躺了好长一会儿，窥视公地上的情况。卡迪干士兵向沙坑组织了一次小冲锋，也被一扫而光。那怪物站起身来，在公地上游来逛去，追逐逃命的人。它的铜面罩像脑袋一样转来转去，真像蒙面人。一只类似胳膊的东西托着一个结构复杂的盒子，盒子周围绿光闪烁，盒子的烟囱喷吐绿烟，射出热线。

几分钟之后，这位士兵目光所及的公地上已无人幸存。草丛、树木不是被烧焦便是烈焰熊熊。路上的骑兵被凹凸不平的地形遮住了，看不到。他听到马克沁机枪嗒嗒地响了一阵便静默了。这个大怪物最后才摧毁火车站和站旁的建筑，热线射过去，整个镇子变成了一片熊熊燃烧的废墟。随后，怪物关了热线，背转过去，一摇一摆地向余火未尽的松林走去，那里藏有第二只铁罐子。就在这时，沙坑里又出来一个闪闪发光的大怪物。

两个怪物一前一后地走去。炮兵瞅准机会，小心翼翼地在发烫的石南树灰烬上向豪塞尔方向爬行。他侥幸地活着爬到路边的一条沟里，逃到了沃金镇。说到这里，他激动起来。沃金镇无法通过。好像还有几个人活着，大都吓傻了。许多人已被烧死，烫亡。大火熊熊，他只好绕道而行。一个怪物返回来的时候，他藏在一堆烤得人发慌的断壁残垣里。他看见这怪物追上一个人，用一支钢触须把那人攫起，把他的头向松树干上猛掼。夜幕降临之后，炮兵一阵猛跑，终于越过了高高的铁路路基。

自那以后，他躲躲藏藏地往梅布利镇走，想去伦敦躲避灾难，沿途见有人躲在地沟和地下室里。不少幸存者逃到了沃金镇和森德镇。他一路口渴难耐，好不容易才在铁路拱桥附近发现了炸破的供水管道，水像喷泉一样往路面上涌。

我把他七零八落的叙述拼凑起来，大概是这样的情形。在讲述的过程中，他逐渐平静下来，努力想让我了解他所见到的一切。他一开始讲的时候就说，从中午到现在他还没吃过东西。我到食品间找了些羊肉和面包，给他端到餐厅。由于担心被火星人发现，我没有点灯，取肉和面包的时候，我们的手不时碰到一起。在他讲述的过程中，周围的东西从黑暗中显现出来，能看清窗外被践踏的灌木丛和折断的玫瑰树，好像许多人或动物从草坪上跑过似的。我看清了他的脸，他满头污垢，一脸憔悴。毫无疑问，我也跟他一样。

等他吃完以后，我们轻手轻脚地上楼，来到书房，向窗外张望。一夜之间，山谷里到处是灰烬。火已经小多了，原来烈焰熊熊的地方唯余轻烟缕缕，数不清的被烧毁、烧空的房屋，被摧折、烧黑的树木撩开了夜幕，在无情的晨光里显得凄凉可怖。不过，还是有一些东西得以幸免：这里有一块白色的铁路标记，那里残存一隅花房，在劫后的焦土中显得色泽鲜艳。在战争史中，还从未有过像这样不分青红皂白、毁灭一切的暴行。东方越发明亮，三个金属大怪物站在沙坑旁边，浑身闪闪发亮。它们的铜面罩转来转去，好像在欣赏它们制造的荒凉景象。

我觉得那沙坑挖大了，坑里不停喷吐的绿色蒸气冒入渐渐发亮的黎明。蒸气喷吐出来之后便绕旋成环，慢慢地散开，消失。

远处是乔海姆镇附近的火舌，天刚放亮的时候，火舌便变成了一柱柱血红色的浓烟。

第十二章

目睹威布利治和舍波尔顿被毁灭

天愈发亮了，我们离开观察火星人的窗口，悄悄地下楼。

我和炮兵都认为这座房子不是久留之地。他想往伦敦方向走，返回炮骑兵第十二连。我的计划是立即回莱泽海德镇。我已经知道了火星人的力量，决定把妻子带到纽黑文，并从那里出国。我清醒地意识到伦敦周围必将成为人类与火星人进行血与火生死搏斗的战场。

可是在从这儿到莱泽海德镇的途中有第三只铁罐子，还有保卫着铁罐子的大怪物卫士。如果我是独自一人的话，便会冒险穿过铁罐子所在的地域，还是炮兵制止了我这样做：“如果你妻子贤惠的话，”他说，“让她当寡妇可算不上是你为她做的好事情。”最后，我同意同他一起，借助树丛的掩护，往北到考布海姆大街再与他分手。然后，我绕个大圈，从爱普森镇到莱泽海德镇。

如果只有我一个人的话，我会马上动身，但我的伙伴训练有素，比我有经验。他让我翻箱倒柜，找出一只细颈瓶，他往瓶里灌满了威士忌。我们把每只口袋都装满了饼干和肉片。做完这些以后，我们悄悄地溜出了房门，沿着我夜里走来的路，一路猛跑。沿街的房子里空无一人，路上惨象横生，三具被热线烧焦的尸体紧靠在一起。到处是逃亡人丢弃的东西：一架钟，一只拖鞋，一只银匙，诸如此类平常人家的细软。一架小马车翻倒在去邮局的转弯处，破轮子着地侧卧在那里。一只钱匣子被匆匆砸开过，扔在废墟底下。

除了孤儿院有一座小木屋在燃烧外，这里的房屋遭受的破坏不太严重。热线只不过把烟囱顶部削平了。可是，除了我们两个人外，梅布利山上似乎再也没有活人了。我猜想，大部分人可能都沿着去沃金老城的路——就是我赶着马车到莱泽海德镇的那条路——逃走了。他们也可能都躲起来了。

我们沿着小巷走，在路上看到了一个穿黑衣的尸体，他的衣服被一夜的雨雹淋透了。出镇子后，我们飞快跑进山脚下的树林，穿过树林向铁路方向走，路上没见到一个人。路过的树木都伤痕累累，被烤得黑乎乎的。不少树都伏倒在地上，可还有些仍然直立着。灰色的树枝显得凄凉，树叶已不再是绿色，而是深褐色。

大火没烧到这边，只有靠近火的树木被烤焦了。星期六那天，伐木工人还在这儿工作过。伐倒的树躺在林间的空地里，树杈被锯过的痕迹还是新鲜的，机械锯和蒸汽机旁边有一堆堆锯末。离这儿不远有一座小木屋，人去屋空。这天早晨一丝儿风也没有，万籁寂静，甚至连鸟也全无声息。赶路的时候，我和炮兵也只是悄声说话，时不时地往后张望，还停下来一两次静听有没有动静。

过了一会儿，我们走到了路边，这时听到了马蹄声。我们穿过树枝缝隙，看到三个骑兵正骑着马慢慢地向沃金镇方向走。我们冲他们欢呼，他们停了下来，我们赶紧跑过去。他们是第八骑兵队的一名中尉和两名列兵，带着一个像经纬仪一样的架子。我的炮兵伙伴告诉我那是架阳光反射仪。

“你们是我们今天上午第一次看到往这条路上来的人，”中尉说，“有什么动静吗？”

他的声音和面部表情都很急切，他身后的士兵一脸好奇地看着我们。炮兵从堤堰跳到路上，向中尉敬礼。

“昨天夜里炮被摧毁了，长官。我一直在东躲西藏，准备返回炮兵连，长官。我想，沿着这条路走大约半英里就会看到火星人了。”

“他们究竟是什么样子？”中尉问道。

“是披盔甲的巨人，长官。有一百英尺高。三条腿，身体像用铝做的，大脑袋，蒙着铜面罩，长官。”

“滚开！”中尉喊道，“一派胡言！”

“你会亲眼看到的，长官。他们拿着一只盒子样的东西，长官，那盒子会喷火，会把人烧死。”

“你说些什么？是炮吗？”

“不是，长官。”炮兵开始详细地给他描述热线。刚说了一半，中尉打断了他，抬眼看我。我还站在路边的堤堰上。

“千真万确。”我说。

“好吧，”中尉说道，“我想我也有责任亲眼看看火星人究竟是什么样子。听着，”他对炮兵说，“我们的任务是让这里所有的人撤出他们的房屋。你去向马文准将报告，把你所了解的一切都向他汇报。他在威布利治镇。认识路吗？”

“我认识。”我说。他又向南调转了马头。

“你说半英里？”中尉问道。

“至多半英里。”我一边回答，一边用手指着南边的树梢。他向我道谢，便骑马继续往前走。我们再也没有见到他们。

再往前走，我们遇见了三名妇女和两个孩子，他们正在从一间农夫的小木屋里往外搬东西。他们弄到了一辆手推车，正在往车上堆脏乎乎的包裹和粗陋的家具。我们走过的时候，他们忙得不亦乐乎，无暇与我们说话。

在拜弗利特车站附近，我们从松树林里钻出来，发现这地方在早晨的阳光里显得十分静谧。这里远离火星人热线的射程。被遗弃的房屋非常寂静，有的房子里传出整理行装的骚动声，一群群士兵站在跨越铁路的桥上，盯着通往沃金镇方向的铁路。除了这些，这一天与其他的任何一个星期天没有什么不同。

几辆农用马车和轻型马车吱吱嘎嘎地行进在通往阿德尔斯通的路上。透过农庄的大门，六门发射十二磅重炮弹的大炮蓦地映入我们的眼帘。它们等距离一字排开，摆在一块平坦的草地上，炮筒朝着沃金镇方向。炮手们站在旁边待命。弹药车煞有介事地停在一段距离开外。士兵站立有序，好像在接受检阅。

“好哇，”我说，“他们总该尝尝我们炮弹的味道了。”

我的炮兵伙伴在门口犹豫了一下。

“我得往前走。”他说道。

快到威布利治的时候，我们看到一群穿白色工作服的士兵在桥上修起了一道长长的工事，他们的身后还有几门炮。

“这是在用弓箭跟闪电比赛，”炮兵说，“他们还没领教过热线。”

无所事事的军官站在一旁，向西南方向的树梢瞭望。挖战壕的士兵也不时停下来向同一个方向张望。

拜弗利特镇上一片混乱；人们都在打包裹，整行装。二十多个轻骑兵，其中有几个下了马，正在驱赶居民离开。在镇里的街上，停着正在装大包小件的马车，其中还有三四辆带有白色圆圈里面有十字架标志的政府马车和一辆旧公共马车。街上有二十多人，大部分穿着周末礼服。士兵在向他们解释所面临的险情，可使尽浑身解数也未能奏效。我们见到一位满脸皱纹的老人拖着一只巨大的箱子——上面放着二三十只兰花盆——在气愤地与一位让他把东西丢掉的下士争辩。我停住脚步，拽了一下老人的胳膊。

“你知道那边有什么吗？”我用手指着挡住火星人的松树林喊道。

“嗯？”他一脸疑惑地转过身来，“我在跟他说，这都是些值钱的东西。”

“死神！”我喊道，“死神就要来了！死神！”说完我赶快去追已走远的炮兵。如果老人聪明的话，会琢磨出我这话的分量的。走到拐弯处，我回头看了一眼。士兵已经离开了那位老人，老人仍站在他的箱子旁边，一脸迷惘地盯着远处的树丛，箱盖上摆满了花盆。

在威布利治镇，没人能告诉我们司令部设在什么地方，镇上乱作一团，我从未见过这么混乱的局面。到处是大车、马车，运输工具五花八门，瘸驴病马不一而足。镇上的上等人也在搬运家私，男人穿着高尔夫球服或划船服装，女人衣着鲜艳。一帮游手好闲的人争先恐后地帮着搬抬东西。孩子们兴奋无比，大都对这非同寻常的礼拜天活动狂喜不已。一片混乱之中，令人敬佩、胆识惊人的牧师在召人早祷，他的钟声叮叮当当地压过嘈杂的人声。

我和炮兵坐在饮水泉的台阶上，大嚼大咽我们随身带的食品。一队队的巡逻兵——这里没有轻骑兵，只有穿白服装的掷弹兵——在向人们宣布，战斗一打响就得赶紧撤离，或者藏到地窖里。我们穿过铁路桥的时候，见火车站周围聚集了越来越多的人，拥挤不堪的站台上堆满了大包小箱。可以断定，为了往切特西镇运送军队和枪炮，正常的火车已经取消了。后来我听说人们为了能坐上晚些时候开来的军用列车相互搏杀了一番。

我们在威布利治镇待到中午，随后到了威伊河和泰晤士河汇合处的舍波尔顿水闸。在威布利治镇的时候，我们帮两位老妇人装了一会儿车。威伊河是三河交汇的河口，在那一河段需要乘船才能过去，那里有摆渡船。在舍波尔顿一侧有个带草坪的小旅店，再远处的树梢上方曾经耸立着舍波尔顿教堂的钟楼——现在已被一座尖塔代替了。

在渡口我们遇上一群吵吵嚷嚷、兴奋异常的逃难者。当时还没有慌乱，可人多得已远远超出往返船只的摆渡能力。人们扛着、抬着大小包裹，气咻咻地走来。一对夫妇甚至抬着一扇门板，上面堆满家庭用品。其中一个人告诉我们，他想从舍波尔顿火车站乘车，离开是非之地。

人们大叫大嚷，其中还有人在说笑话。人们似乎认为火星人只是些可怕的人类，他们可能会攻陷这座小镇，并把它洗劫一空，但最终火星人肯定会被消灭的。人们隔一会儿便不安地瞟一眼威伊河对岸和切特西镇方向的草地，然而那里的一切都显得那么安静。

泰晤士河对岸，除了渡船靠岸的地方，其他地方都静悄悄的，与萨里这一侧形成了鲜明的对照。大摆渡船刚抵达对岸，渡过河的人们便走下船，沿着小巷走去。三四个士兵站在旅店前的草坪上，只是望着难民嘲笑，没人上前帮忙。当时是禁止营业时间，旅店关门了。

“什么声音？”一名船工问道。“闭嘴，你这个傻瓜！”我身边一个人冲着一只狂吠的狗吼道。那声音又传来了，这一次声音来自切特西镇方向，一声闷响，是炮声。

激战开始了。几乎与此同时，右侧河对岸的炮兵阵地也加入了合唱，大炮的轰鸣声此起彼伏。我们的视线被树林挡住了，看不见炮在什么地方。一位妇人尖叫起来。大家都一动不动，被离我们很近的突如其来的枪炮声惊呆了。面前是平整的草地，牛不为所动，在平静地吃草，银色的柳树在温暖的阳光里纹丝不动。除此之外，什么也看不见。

“当兵的会挡住他们的。”我身旁的一位妇女不太肯定地喃喃道。树林前方升起一股硝烟。

突然，一股浓烟从河上游的远处腾空而起，悬在天空。与此同时，脚下一震，传来一声惊天炸响，附近的房屋碎了两三扇窗户。我们都惊呆了。

“他们来了！”一位穿蓝运动衫的人惊呼，“在那边！看到了吗？在那边！”

很快，四个戴盔披甲的火星人一个接一个地从切特西镇方向草地对面的小树丛中出来了，他们大踏步地向河边跑来。乍看上去，他们是些头戴面具的微小身影，滚动得飞快，像飞鸟一般。

随后，第五个火星人也向我们迂回冲来，他们身上的盔甲在阳光下闪闪发光，他们快速向炮兵阵地冲来。最左侧的一个，也就是离我们最远的一个，将一只大盒子高高地挥舞在空中，我在星期五夜里看到的神秘可怕的热线便击中了切特西镇。

看到这些古怪可怕、行动迅猛的东西，河边的人群好像全吓傻了，没有人尖叫，没有人高喊，只是一片寂静。随后，人群中传出嘶哑的低语、脚步声和溅水声。我身边的一个人在惊恐中忘了扔掉扛在肩上的旅行箱，他猛一转身，箱子角把我打了一个趔趄。一位妇人一把把我推开，从我身边跑过。我随着人群转身就跑，可我没被吓傻，脑子还好用。脑海里又浮现出那可怕的热线。躲到水里！这是个好主意！

“躲到水里！”我大声喊道，却没人理会。

我回转身，迎着越来越近的火星人跑到满是沙砾的河边，一头栽进水里。有几个人也照我的样子做了。我在水中飞奔的时候，一船往回返的人也跳进水里。水底的石头上都是泥，滑滑的。河水很浅，我跑了大概有二十码，水还不及腰深。这时，火星人那巨大的身影像山一样压了过来，离我不到两百码了，我往前一扑，潜到水中。人们从船上跳入水中的溅水声在我听来像打雷一样。河两边水里的人都在往岸上跑。

但是火星人一时根本不去管跑来窜去的人，就像人踢到蚁穴上不去理会炸窝的蚂蚁一样。我差不多要憋死了，便从水中探出头来，看见火星人的面罩冲着河对面仍在开炮的炮兵阵地。他一边往前跑，一边甩出一件东西，那一定是热线发射器。

转眼间，火星人来到河边，大步流星地渡过河。他用前边的两条腿撑在对岸上，一下子站直了身子，离舍波尔顿镇近在咫尺。这时，那六门隐蔽在镇前的大炮同时开火——右岸上的人谁也不知道那里有大炮。这突如其来的巨响离我很近，爆炸声响成一团，震得我心跳不已。那怪物正举着盒子积蓄热线，第一发炮弹便在离他的面罩六英尺的地方炸开了。

我失声惊叫了一声。我看不到也顾不上另外四个火星人怪物了，注意力完全集中在眼前发生的事情上。另两发炮弹在离他很近的空中爆炸，怪物的面罩忙转向一边躲避，但却没躲过第四发炮弹。

第四发炮弹就在怪物的面前爆炸，面罩鼓了起来，火光一闪，血肉和金属的碎片四溅开来。

“打中了！”我高喊道，既像欢呼又像惨叫。

我听到附近的水中有人响应。我一阵狂喜，差一点从水里跳起来。

脑袋被打掉的大怪物像醉汉一样趔趄了一下，却没有摔倒。他奇迹般地保持了平衡。他不再理会脚下的路，而是高举着发射热线的盒子，歪斜着冲向舍波尔顿镇。面罩里的智慧生命——火星人——已被杀死，被炸得四分五裂，只剩下一台精密复杂的狂暴金属杀人机器。这台怪物失去了向导，横冲直撞。他击中了舍波尔顿教堂的钟楼，钟楼像被巨大的撞锤猛然击中，扭曲了，变形了，轰然坍塌，跌入我看不到的河里。

猛然一声惊天巨响，水柱、蒸汽、泥沙和着金属碎片直冲云霄，热线盒子落入水中，顿生一片蒸汽。转瞬间，一个热得烫人的泥水巨浪转过河弯，逆流席卷而来。人们纷纷向岸边挣扎，他们的尖叫声和喊声与火星人瘫倒时的轰响交织在一起。

一时间，我没去注意身边的热水，全然不知自我保护。我推开一个穿黑衣服的人，在湍急的水中跌跌撞撞，猛跑到能看到拐角深处的地方，周围水花四溅。五六条被遗弃的船在激浪中漫无目的地颠簸着。我看到那个倒下的火星人横躺在下游的河里，身体的大部分淹没在水中。

残骸周围蒸汽升腾。透过奔突、飞旋的缕缕蒸汽，我偶尔能模糊地瞥见那大怪物的肢体在搅水，溅起冲天的泥水和泡沫，触须像人的胳膊一样摇来摆去，拍打着水。若不是其动作漫无目的，真像一只受伤的动物在波浪中挣扎求生。从机器里咕嘟咕嘟喷射出大量的红褐色液体。

一声高叫吸引了我的注意力，这叫声好像是工厂里被称作汽笛的东西发出的。一个人站在纤道旁边没膝深的水中冲我边喊边比画。回头看时，只见其他火星人大踏步地从切特西镇方向的河岸上冲下来。这一次，舍波尔顿镇前的炮没发挥什么作用。

看到这情景，我赶紧屏住呼吸，钻进水里，闭着眼尽量向前潜游，直到每做一动作都感到十分痛苦。我周围的水翻腾不已，而且在迅速升温。

我探出头来喘口气，抹去头发和眼睛上的水，只见蒸汽像一团翻腾的白雾。起初，火星人都给遮住了，声音震耳欲聋。过了一会儿，我隐约能看到他们灰色的身影，浓雾似乎把他们放大了。他们已从我身边走过去了，其中的两个正弯着身子看同伙的残骸。残骸身边的水仍在泛着泡沫，翻腾不已。

第三个和第四个火星人站在残骸旁边的水中，一个大约离我二百码，另一个在拉勒海姆方向。他们高高地摇摆着热线发射器。

空中混杂着震耳欲聋和令人困惑的声音：火星人叮当作响，房屋隆隆坍塌，树木、围栅和木棚嘭嘭起火，还有哔哔剥剥、呼呼啦啦的火焰声。浓浓的黑烟腾空而起，与河上的蒸汽交织到一起。热线在威布利治镇扫来扫去，所到之处白热光闪烁伴随着烟气腾腾的烈焰。近处尚未损坏的房屋像是在等待末日，在浓烟中显得影影绰绰，模糊苍白。房屋背后大火肆虐。

我站在齐胸深、几乎沸腾的水中，一时惊呆了，不知自己身在何处，全无逃生念头。透过雾气，我看到刚才跟我一起在河里的人纷纷穿过苇丛往岸上爬，像小青蛙发现有人来，在草丛中匆匆逃窜。另外一些人在拉纤道上惊惶失措地跑来跑去。

突然，热线的白光朝我窜来。热线碰到的地方，房屋塌陷，火苗四蹿，树木变成团团火焰。射线沿着拉纤道来回扫射，在上面乱窜的人被一扫而光。接着，射线到了离我站的地方不足五十码的水边，然后扫过河水，射向舍波尔顿镇。射线经过的水面出现一道蒸汽朦胧、沸腾的凸痕。我向河岸走去。

转眼间，一道近乎沸腾的巨浪向我涌来，我惨叫了一声。我被烫伤了，眼睛看不清了，疼痛难忍。我涉过湍急的、嘶嘶尖叫的河水，跌跌撞撞地向河边走去。如果我脚下绊一跤就完蛋了。我爬上了岸，眼前便是火星人。我无力地倒在沙砾路上，这是威伊河和泰晤士河分界的地方。我万念俱灭，等待死亡。

我隐约记得，一个火星人的脚踩在离我几十码近的地方。他的脚直插进松散的沙砾，弄得沙砾四溅，然后又提起来。又过了很长时间，四个火星人抬着同伴的残骸离开了。烟幕笼罩，他们的身影一会儿清晰一会儿模糊。他们慢慢地穿过河流和草地，向远处走去。我觉得他们走得很慢，好像永远也走不远似的。我渐渐意识到，我奇迹般地活下来了。

第十三章
我是怎样遇到副牧师的

尝到地球武器的厉害之后，火星人返回豪塞尔公地。一来行色匆匆，二来抬着同伙的残骸，因此他们忽视了像我这样零星、微不足道的目标。如果他们丢弃残骸，继续前行，那么拦阻他们去伦敦的便只有几道十二磅炮兵阵地，他们定能在消息传到之前抵达首都。就像一个世纪前毁灭里斯本的地震那样，突如其来，充满恐怖，并摧毁一切。

可是他们却并不着急。一只接一只铁罐子从火星飞来，每过二十四小时他们的力量就有所加强。与此同时，陆军、海军当局意识到所面临对手的威力，也在不遗余力地工作。每隔一分钟便有一门新炮部署就位。黄昏前，在金斯顿和里士满附近的山坡上，每一排郊外别墅前，每一片树丛里，都隐蔽着严阵以待的黑洞洞的炮管。在豪塞尔公地上，火星人巢穴周围，那片被烧焦的荒凉地区大约有二十平方英里。在绿树掩映中被烧成废墟的村镇里，在已被烧黑、余烟缭绕的松树丛中，都潜伏着忠诚的侦察兵。他们带着阳光反射仪，一旦发现火星人出动，便用仪器通知炮兵。但是火星人已经知道我们有大炮，让人类接近就意味着危险，因此没有人敢进入离铁罐子一英里以内的地方，一旦进入就会付出生命的代价。

下午早些时候，那些大怪物好像一直在忙来忙去，把第二只和第三只铁罐子里的东西都搬运到豪塞尔公地上的第一个洞穴里。第二只铁罐子在阿德尔斯通高尔夫球场边上，第三只铁罐子在匹尔福德镇附近。在公地洞穴旁边，高高耸立着一个放哨的大怪物，它身后是被烧焦的一望无际的草丛和房屋废墟。其余的火星人从巨大的作战机器中爬出来，进入了洞穴，他们一直在里面紧张劳作到深夜。在摩洛镇附近的山上可以看到从坑里冒出的浓浓的绿色烟柱，据说在班斯代德镇和爱普森丘陵上也看得见。

身后是火星人在准备下一次进攻，前面是严阵以待的人类，我离开浓烟滚滚、烈焰熊熊的威布利治镇，无比痛苦、无比艰难地往伦敦方向走去。

我看到一只被遗弃的小船顺流而下，因为遥远而显得很小。我几乎脱掉了所有湿透的衣服，追上小船，逃出灾难之地。船上没有桨，我便尽我所能用烫得半熟的手划水，顺流漂向哈里福特和瓦尔顿方向。船走得很慢，我不时地向后张望，用意可想而知。我沿河而行，因为我觉得，假如那些大怪物返回的话，河水是最好的逃生之所。

那个火星人倒下的时候使河水变热，这些热水随我一同向下游流，所以我漂了大约一英里，都看不见两边的河岸。偶尔一次，我似乎看到一群人从威布利治方向走来，正在穿越草地。哈里福特看上去已空无一人，河边的房屋在燃烧。小镇在炎热、碧蓝的天空下显得沉寂凄凉，浓烟和火苗直升入下午炎热的天空。看着这一切，让人产生一种很陌生的感觉。我从未见过房屋燃烧而无人扑救。再远一点，岸边的干枯芦苇火烟弥漫，岸上的一道火线正慢慢地吞噬着地里的干草。

我漂流了好长时间。经历了暴行的恐惧，更兼水面炎热难耐，我痛苦不已，疲惫不堪。这时恐惧会爬回心头，我又赶忙用手划水。太阳灼烤着我赤裸的脊背。转过弯，瓦尔顿附近的桥终于映入眼帘。我有些发烧，头晕目眩，已经顾不上恐惧了。我在密德尔塞克斯附近上岸，浑身疼痛不已，便躺倒在高高的草丛里。我想那时大约四五点钟。过了一会儿，我便爬起来，走了大约半英里，一个人也没遇上，便又躺倒在篱笆的阴影里。我似乎记得，我刚才挣扎着赶路的时候在天上一句地下一句地自言自语。我口渴得很，痛悔自己没多喝点水。很奇怪，我很生妻子的气，不知道为什么。可是我急于赶到莱泽海德镇，却又无能为力。我心烦意乱。

我不知道副牧师是什么时候来的，可能我睡着了。我看到他的时候，他坐在一旁，衬衣上满是灰垢。他扬着刮得精光的脸，盯着天空隐隐闪烁的星光。天空布满鳞状云，一行行绒毛似的云朵被仲夏的夕阳染上了一层殷红。

我坐起身来。听到我的响动，他迅速转过头来。

“有水吗？”我突兀地问道。

他摇了摇头。

“在过去的一个小时里，你一直在要水喝。”

我们沉默了一会儿，相互打量对方。我敢说他一定认为我是个怪人，半裸着身子，只穿着水淋淋的裤子和袜子，身上有烫伤，脸和肩膀被烟熏黑了。他的脸俊俏文弱，下颌微收；头发卷曲，像淡黄色的亚麻搭在前额上；眼睛挺大，淡蓝色，若有所思。他那无神的视线离开了我，突然问道：

“这是怎么回事？这究竟是怎么一回事？”

我盯着他，没作声。

他伸出苍白纤弱的手，不无责怪地说道：

“怎么可以容许这样的事情发生？我们有什么罪？上午的祷告结束后，我在路上散步，想为下午的事情整理一下思绪。突然间，大火、地震、死亡！好像这里是所多玛城、俄摩拉城！辛苦建起的一切都付之一炬，一切！火星人是什么东西？”

“那我们呢？”我清了一下嗓子说道。

他双手抓着膝盖，又转过脸来看着我，静静地盯着我大概有半分钟。

“我在路上散步，为下午的事情整理一下思绪，”他说，“突然间，大火、地震、死亡！”

他陷入沉默，下巴低垂，快触到膝盖了。

过了一会儿，他开始摆手。

“一切！所有的周日学校。我们做了什么错事？威布利治镇做了什么错事？一切都不见了，都毁掉了。我们的教堂！三年前刚刚建好。没有了！烧得精光！”

又是一阵沉默，接着他又发疯似的开口了。

“教堂浓烟滚滚，经久不散！”他喊道。

他眼中燃烧着怒火，瘦削的手指指向威布利治镇。

这时，我已经了解了他的一些情况。显然他是从威布利治逃出来的，所经历的惨烈灾难使他到了疯狂的边缘。

“这儿离森布利镇远吗？”我用平淡的语调问道。

“今天早晨我还主持了早祷仪式。”

“情况变了，”我平静地说，“你得保持清醒，还会有希望的。”

“希望？”

“是的，尽管遭受了很大破坏，但还有很大的希望！”

我给他讲了我对形势的看法，起初他在听，可是我讲着讲着，他眼神里流露出的一点儿兴趣消失了，又恢复了先前的呆愣眼神，他把视线从我身上移开了。

“这是末日的先兆，”他打断我的话，说道，“末日！这是上帝最后审判的日子，神圣而又可怖！在这一天，人们会请求大山和岩石压到自己身上，好躲藏起来，不让坐在王位上的上帝看见。”

我明白了，不再费力给他讲道理。我挣扎着站起来，站在他跟前，把手搭在他的肩上。

“坚强些！”我说，“你被吓傻了！遇到灾难就垮掉，宗教还有什么用处？想一想先前的地震、洪水、战争和火山给人类带来的灾难吧！你认为是上帝豁免了威布利治镇吗？上帝可不是保险商。”

他呆愣愣地坐着。

过了一会儿，他突然问：“可是我们的生路在哪里呢？他们刀枪不入，残酷无情。”

“他们既不是刀枪不入，也不是残酷无情，”我说道，“他们越是强大，我们就越应该保持清醒和警惕。就在三小时前，他们当中的一个在那边被打死了。”

“被打死了！”他惊叫道，盯着我上看下看，“上帝的使者会被打死？”

“我亲眼看见的。”我告诉他，“我们可能获胜，”我说，“就是这么一回事。”

“天上是什么东西闪闪发亮？”他突然问道。

我告诉他那是阳光反射仪在发信号，这是人类自救努力映在天上的标记。

“我们实际上处在危险的境地，”我说，“尽管一切都很安静。天上的闪光说明暴风雨就要来了。我想火星人就在不远的地方。而在伦敦方向，在里士满镇和金斯顿镇旁的小山上和树丛中，人们挖了工事，架起了枪炮。过不了多久，火星人还会到这儿来。”

我还没说完，他噌的一下跳了起来，用手势制止了我。

“听！”他说。

从河对面低矮的小山后面传来远方炮声的轰鸣和怪异的呼叫。很快，一切又回归宁静。一只金龟子嗡嗡地飞过篱笆，从我们身边飞过。西边，浓烟滚滚的威布利治镇和舍波尔顿镇上方，一轮依稀可见的弯月高挂在仍然炽热辉煌的夕阳顶上。“我们走这条路，”我说，“往北。”

第十四章
在伦敦

火星人在沃金镇着陆的时候，我弟弟在伦敦。他是医科大学的学生，正在为即将到来的考试做准备。他直到星期六早晨才听说火星人降临的消息。那天晨报上不仅登载了关于火星、行星上的生命等的长篇大论，还有一小则语句含混的电报。因为简短，更加引人注目。

那则电报说，火星人见一群人试图接近，惊恐不已，他们用一种快射喷火枪杀死不少人。电报是这样结尾的："尽管火星人看上去十分可怕，但他们至今仍未爬出着陆时形成的沙坑，其原因可能是地球引力相对大些。"导语撰稿人对最后一句话进行了充分发挥，读起来让人放心。

我弟弟那天去上填鸭式的生物课，班上学生自然对此产生了浓厚的兴趣。但是在大街上看不出有特别激动的迹象。下午的报纸，大幅标题底下是夸大其词的道听途说，只是说公地周围军队在行动，沃金镇和威布利治镇之间的松林在燃烧，在八点之前没有什么新鲜东西。随后，《圣詹姆斯报》发号外报道了一件事——电报联系中断。人们认为这是由于烧倒的松树打断了电报线。夜里的战事还无人知晓。就在那天夜里，我赶着马车往返于莱泽海德镇和梅布利。

我弟弟并未为我们担心，因为他从报纸上知道，那只铁罐子离我的房子足有两英里。那天夜里他决定到我这儿来，如他所言，想在那些东西被杀死前亲眼看看。大约四点，他给我们发了一份电报，然后去了音乐厅。我们根本就收不到这份电报了。

星期六夜里，伦敦也下了雷雨，我弟弟坐着公共马车到了滑铁卢站。他在子夜发车的站台上等了一会儿。他听说，因为出了事故，有几列火车没能开到沃金镇。究竟是什么事故，他不得而知。的确，当时连铁路当局也不清楚出了什么事。车站里几乎没人对这一消息感到不安，官员们认为只不过是拜弗利特镇和沃金镇之间的转轨站出了故障，便安排本当路过沃金镇的区间车绕道弗吉尼亚河镇或吉尔德福特镇行驶。他们忙着为改变周日去南安普敦和朴次茅斯郊游的线路而做必要的调整。因为我弟弟长得有点像站长，引起了一位夜间采访的记者的误会。记者拦住他，要求采访。不仅铁路官员，其他人也没怎么将事故与火星人联系到一起。

我读到过有关事件的另外一些报道。报道说：星期天早晨，“整个伦敦都被来自沃金镇的消息给惊呆了。”事实上，这段哗众取宠的文字毫无事实根据。许多伦敦人是在星期一早晨出现恐慌后才听说有火星人的。星期天的报纸上登载了几份仓促而就的电报。只有那些花费一定时间弄懂电报含义的人，才能在这之前对火星人的事有所了解。伦敦的大部分人不读星期天的报纸。

而且，伦敦人自身安全有保障的观念已根深蒂固，加上报纸也时常发布些耸人听闻的消息，他们读报时根本不为之所动："昨日夜里七点左右，火星人爬出了铁罐子，身着金属盔甲在周围活动，并彻底摧毁了沃金镇火车站及站旁的房屋，屠杀了卡迪干团的一个营。具体详情还不得而知。马克沁机枪对他们的盔甲毫无作用，野战炮被他们打哑了。飞行轻骑兵驰援切特西镇。火星人似乎在向切特西镇或者温莎方向缓动。西萨里笼罩着不安，正在修建工事以阻止火星人向伦敦逼近。"星期天的《太阳报》是这样写的。《仲裁报》里一篇快手写的充满诙谐的"手册式"文章将这一事件说成是马戏团的动物跑进镇子里。

在伦敦，没人真正了解这些穿甲戴盔的火星人。人们有个既成之见：这些怪物必定行动缓慢，"爬行""痛苦地移动"这些词句几乎出现在所有的早期报道中。这些电报没有一份是由目击者写的。因为总有新消息传来，星期天的报纸出了不少号外，有几份号外并没有什么新消息。直到傍晚，报纸并没有告诉人们新的实质性消息。然后，官方向报界公布了他们掌握的情况。据称，瓦尔顿镇、威布利治镇，乃至那整个地区的居民都已上路，向伦敦涌来。仅此而已。

早晨，我弟弟去了弃婴养育堂的教堂，当时他还不知道前一天夜里发生的事情。在教堂里，他听到人们在谈论火星人的进攻，而且还进行了一个特别的祈求和平的祷告。他从教堂出来后买了一份《仲裁报》，报纸上的消息使他大吃一惊。他又回到滑铁卢火车站，去看看交通是否恢复了。街道上，坐公共马车的、坐私人马车的、骑自行车的、穿着周日盛装的人们，对卖报人叫喊的古怪消息几乎无动于衷。人们感到有趣，或者感到惊讶。他们之所以感到惊讶仅仅是因为没有居住在那里的亲属。在火车站，我弟弟第一次听说温莎和切特西镇防线已被突破。车站的搬运工说，上午收到了几封发自拜弗利特和切特西镇车站的重要电报，可是后来却突然中断了。我弟弟从他们那里问不出详情。“威布利治附近正在打仗。”这是他们提供的大概情况。

火车运行已经十分混乱，火车站到处都是来接西南线路乘客的人。一位头发灰白的老先生走到我弟弟跟前，对西南公司恨声连连，“要狠狠地给他们曝曝光。”他说道。

从里士满、普特尼和金斯顿开来一两辆火车，这些乘客原计划去划船的，后来发现水闸都关闭了，一时间人心惶惶。一位身着蓝白相间的鲜艳运动衫的人同我弟弟聊上了，说了不少令人惊奇的消息。

“成群结队的人涌进金斯顿镇，坐着各式各样的交通工具，上面放着盛细软的箱子之类。”他说道，“他们来自摩勒西镇、威布利治镇和瓦尔顿镇。他们说，听到切特西镇方向有炮声和激烈的枪声，骑兵让他们在火星人到来之前赶快离开。我们在汉普顿车站也听到了炮声，但觉着那是雷声。这到底是怎么回事呀？火星人是爬不出那个坑的，是吧？”

我弟弟没法对他说什么。

后来，他发现这种莫名的恐慌也传到了地铁旅客中间。星期天到伦敦西南“翼”——巴恩斯、温布尔登、里士满公园、基尤等地——郊游的人都提前返回了，可是他们带回来的也只是道听途说。终点站上所有人的脾气好像都不好。

五点左右，火车站里的人兴高采烈起来：通常关闭的东南区站和西南区站之间的线路开通了，而且一列列载着大炮、辎重，塞满士兵的火车从站上通过。这些大炮是从乌尔威契和查达姆调去保卫金斯顿镇的。车上车下一片欢呼：“这下你们可以过瘾了！”“我们是驯兽员！”诸如此类。过了一会儿，一队警察进了车站，开始驱赶站台上的人。我弟弟只好回到了大街上。

教堂敲响了晚祷钟声，一队救世军女孩唱着歌，沿滑铁卢街而来。几个游逛的人站在桥上看着漂在水面上一团团褐色的东西顺流而下。太阳刚开始西沉，钟楼和议会大厦屹立在河边，背后依然是一片宁静的天空，金光灿烂的天空铺着一道道长长的紫红色云带。有人在议论漂浮的尸体。一位自称是保守派的人对我弟弟说，他见到阳光反射仪的光在西方闪烁。

我弟弟在惠灵顿大街碰到几个衣衫褴褛的强壮汉子，他们拿着墨迹未干的新报纸和大字标题的公告从舰队街跑来。“可怕的灾难！”他们争先恐后地沿惠灵顿大街跑来。“威布利治大战！详细报道！火星人被打退！伦敦处于危险之中！”我弟弟花三便士买了一张报纸。

直到此时，他才对这些怪物的可怕威力有所了解。他知道了这些怪物不是几个行动迟缓的小东西，而是能随心所欲操纵巨大机器的生物；他们行动迅速而且火力猛烈无比，连最大的炮也无法抵御他们的进攻。

他们被描述为“巨大的蜘蛛状机器，近一百英尺高，跑起来像特快列车，擅于发射热线”。在豪塞尔公地周围，特别是在沃金镇和伦敦之间，人们部署了以野战炮为主的经过伪装的炮兵阵地。据观察，五部机器在向泰晤士河方向运动。幸运的是，其中一个已被摧毁。

在其他几次战斗中，炮弹没有击中目标，炮兵阵地立即被热线吞没。消息也提到士兵损失惨重，然而报纸的报道总体上是乐观的。

火星人被打退了，他们并非刀枪不入。他们已退入沃金镇周围三只铁罐子形成的三角地带。携带阳光反射仪的士兵从四面向他们逼近。大炮被紧急从温莎、朴次茅斯、阿尔德肖特、乌尔威契，甚至从北方调运而来，其中有从乌尔威契运来的九十五吨重的大炮。部署完毕或正在加紧部署的共有一百一十六门大炮，主要是用来保卫伦敦的。英国历史上从未有过这么迅速地集结如此大规模军事装备的先例。

报纸称，如果再有铁罐子落下，可用高效炸药当场将其炸毁。这种炸药正在加紧生产和发放。报道称，毫无疑问，局势十分严峻，但公众应当配合，避免恐慌；毫无疑问，火星人极端乖戾可怖，但他们只有不到二十个，而我们却成千上万。

根据铁罐子的大小，官方有理由判断，每只铁罐子里最多有五个火星人，共有十五个火星人。其中，至少一个，也许更多，已被打死。应当将公众所面临的危险及早公之于众，同时也要告知市民，政府正在采取具体完备的措施，保护受到威胁的西南郊居民。这篇有点像宣言的文章在结尾又重申了伦敦的安全有保障，当局有能力解决这一危机。

这篇文章是用特大字体刚刚印出来的，油墨还没干，没来得及加上编者按。我弟弟说，为了发这篇消息，报纸原本排好的文章被无情地砍掉了，版面看上去怪怪的。

惠灵顿大街上满是晃动着粉红色报纸的读报人。河滩上又来了一大帮卖报的，叫卖声此起彼伏。人们匆匆地从公共马车上下来买报。这条消息自然引起了人们的浓厚兴趣，连原来漠然的人也不例外。我弟弟说，河滩上的一家地图店正在下门板，一位身穿周日盛装，甚至还戴着柠檬黄手套的人正在内侧往窗玻璃上粘萨里的地图。

我弟弟拿着报纸从河滩走到特拉法尔加广场，他看到一些从西萨里来的逃难者。有个人赶着一辆杂货店用的马车，上面坐着他的妻子、两个男孩，还放有几件家具，他们从威斯敏斯特桥的方向来。紧跟着是一辆拉干草的马车，上面坐着五六位有些身份的人，身边有包裹和箱子。他们面容憔悴，整体上与坐在公共马车里身着周末礼服的人形成了鲜明的对照。穿着入时的人从公共马车里打量着他们。他们在广场停了下来，似乎不知该走哪条路，最后向东拐，沿着河滩走去。在他们后面一点的地方，过来一位身穿工作服的人，骑着一辆前轮很小的老式三轮车。他身上很脏，脸色苍白。

我弟弟转身往维多利亚大街走，又遇见几个逃难的人。他隐隐感到我也会是这副模样。他注意到疏导交通的警察多得出奇。一些难民在向公共马车上的人讲述他们的经历，其中一位自称见过火星人。“他们像高脚锅炉，走起路来像人一样。”他们的危险经历使许多人兴奋起来。

我弟弟过了维多利亚大街，看到酒馆因来了难民而生意兴隆。街道拐角处聚集了一堆一簇的人，有的在读报纸，有的在兴奋地交谈，有的在盯着这些礼拜天的不速之客看个不停。夜色渐深，人越聚越多。我弟弟后来说，人们挤来挤去，就像赛马日的爱普森大街一样。他与几个难民交谈过，想从他们那里打听点消息，结果大多令他失望。

几乎没有人能告诉他沃金镇的消息，只有一个人说，沃金镇在前一天晚上就被彻底摧毁了。

“我是从拜弗利特镇上来的，”那个人说，“清晨，有人骑自行车挨家挨户地催我们赶快离开。后来士兵来了，我们出门来观看，看见南边浓烟滚滚，只见浓烟，没看到有人从那边来。过后我们听到切特西镇方向有炮声，有人从威布利治逃过来。大家便锁上房门逃了出来。”

那时，街上的人有一种强烈的感觉：当局对在灾难出现之前没能及时消灭火星人负有责任。

大约八点钟，在伦敦南部可以清晰地听到激烈的枪炮声。我弟弟却没有听到，因为大街上车来人往，声音太嘈杂。可是当他走到离河较远的后街时，便很容易听出枪炮的响声。

两点左右，我弟弟从威斯敏斯特大街往他在摄政公园附近的公寓走。这会儿他很是替我担心，并且为显然十分严峻的事态感到不安。他也像我在星期六那天一样，满脑子都是对付火星人的军事行动方案。他想象着那些严阵以待、沉默的大炮，还有突然间变得空寂的野外。他努力设想，一百英尺高的“高脚锅炉”会是什么样子。

他在牛津大街上遇到几辆载着逃难者的马车，在马里勒柏恩大街又遇上几辆。可是消息传播得很慢，在摄政大街和波特兰广场仍有许多喜欢在周日晚上漫步的人，尽管这会儿他们在三三两两地交谈。在摄政公园边上，沉默的情侣像往常一样多，在稀疏的煤气路灯的灯影里出双入对。夜，暖烘烘的，静悄悄的，多少有点压抑。枪炮声时断时续，半夜过后，南边的天空电闪阵阵。

他一遍又一遍地读着报纸，担心我已遭不测。他心神不宁，晚饭后又出门了，漫无目的地走了一通。他回来后想把注意力转到复习考试上，但却做不到。他上床的时候已过半夜，星期一凌晨，他从噩梦中被屋外传来的敲门声、街上跑动的脚步声、远处鼓的咚咚声和大钟的当当声所惊醒。闪闪的红光映在天花板上。他躺在床上愣了一会儿，诧异是天亮了还是整个世界都发疯了。随后，他从床上跳起来，跑到窗前。

他的房间在阁楼上，当他把头探出去向下面的街道张望的时候，像是他开窗户的回声似的，许多人家也都嘭嘭地打开了窗户，戴着五花八门的睡帽的人头伸了出来，有人大声问出了什么事。“他们来了！”一名警察一边敲门一边大声喊道：“火星人来了！”又赶快去敲另一家的门。

鼓和军号的声音是从阿尔巴尼大街的军营里传来的，凡是听得到钟声的教堂都在拼命地紧敲警钟，努力将人们从睡眠中唤醒。街上有了开门声，一扇扇黑幽幽的窗户亮起了昏黄的灯光。

一辆车门关闭的马车沿街飞驰而来，转弯的时候，马蹄声突然混入已有的嘈杂声，马车到窗底下时声音达到高潮，随即渐渐变弱，远去。紧接着又奔来几辆公共马车，然后便是一长串飞奔的马车。马车大部分是往乔克法姆火车站跑的，人们在那里蜂拥着挤上西北线的特别列车，而不是顺坡下到尤斯顿。

我弟弟呆呆地看着窗外，看着警察沿街敲门，含混不清地喊着什么。这时，他身后的门开了，住在楼道对门的人走了进来，这人只穿着衬衣、裤子和拖鞋，裤子背带搭在腰间，头发被枕头弄得乱蓬蓬的。

“怎么回事？”我弟弟问道，“着火了？怎么吵吵嚷嚷的？”

他们两个都把脑袋探出窗外，仔细瞅着，想尽力听清警察在喊什么。人们从巷子里走出来，三三两两地站在拐角处议论纷纷。

“怎么回事？”我弟弟的邻室问道。

我弟弟也没说出个所以然来，他开始穿衣服，拿上一件衣服边穿边跑到窗前，不想错过这越来越热闹的场面。不一会儿，卖晨报的人叫喊着跑到街上来，早得出奇。

“伦敦面临被扼杀的危险！金斯顿和里士满的防线被突破了！泰晤士峡谷发生可怕的屠杀！”

当可怕的风暴前锋袭到街道的时候，在我弟弟周围：楼下、两侧、街对面、楼后的特勒西斯公园大街、马里勒柏恩区靠近这边的街区、韦斯特本公园区、圣潘克拉斯，西北方向的基尔本、圣约翰森林、汉普斯特德，东边的肖尔迪奇、海伯利、哈格尔斯顿和霍克斯顿的上百条街道，从伊灵到东哈姆，可以说整个大伦敦所有房子里的人们都在揉着蒙眬的睡眼，打开窗户向外张望，问些不着边际的问题，匆忙地穿衣服。这是一个充满恐慌的黎明。伦敦的居民在星期天晚上懵懵懂懂、慵懒地上床睡着了，星期一凌晨醒来时却有了危机感。

待在窗口搞不清发生了什么事，于是我弟弟下楼走到街上。当时栏杆之间黎明的天空正变成绯红。街上徒步或坐车飞奔的人越来越多。“黑烟！”他听到人们在大叫，“黑烟！”其他人也喊道。恐惧在人群中一传十，十传百。我弟弟犹豫不定，看见又跑来一个卖报的人。这个卖报的人一边随人流逃跑，一边一先令一份卖着报纸。真是恐慌和牟利的奇怪结合！

我弟弟从报纸上读到了总司令发布的灾难性消息：

“火星人会用火箭发射浓黑的毒气烟云。他们已使我们的炮兵窒息，摧毁了里士满、金斯顿和温布尔登镇，正在向伦敦缓慢逼近，一路上见东西就烧，见人就杀。我们已无力制止他们，无法躲过毒气的伤害，除非立即逃跑，跑得越远越好。”

报上就这么多内容，但也足够了。这座大城市的六百万人口骚动了，他们跌跌撞撞地跑来跑去，不久，所有的人都会向北涌去。

“黑烟！”人们呼叫道，“着火了！”

旁边教堂的钟当当地乱敲不已，一辆神不守舍的人赶的马车撞在街边的水槽上，引起一片惊叫和咒骂。昏黄的灯影在房屋里摇来晃去，马车驰过，还没熄灭的路灯火苗摇曳。天空越来越亮，显得晴朗、安逸。

他听到身后的房间里、楼梯上有人在跑来跑去，跑上跑下。房东太太蓬松地穿着睡袍，围着头巾跑到门口，她丈夫紧跟着从门里弹射出来。

我弟弟意识到了问题的严重性，赶紧跑回自己的房间，把身边的钱塞到口袋里——总共十镑左右——又跑到街上。

第十五章
在萨里发生的事情

火星人再次发动进攻的时候，副牧师正坐在哈里福特附近草地的围栅底下，对我痴言妄语。同一时刻，我弟弟正看着从威斯敏斯特桥上涌来的难民。从前面的混乱叙述中，你也许已看出，大部分火星人一直在豪塞尔附近的沙坑里忙着备战，不停地放出团团绿烟，直到夜里九点。

八时许，三个火星人从坑里走出来，缓缓地、小心翼翼地穿过拜弗利特镇和匹尔福德镇，向利普雷镇和威布利治镇移动，进入夕阳下严阵以待的炮兵阵地的视野。这些火星人逼近的时候没有挤作一堆，而是一路纵队，相距一英里半左右。他们像汽笛一样吼叫着，音调从低到高，以此保持相互之间的联系。

这就是我们在哈里福特听到的吼叫声和从利普雷镇和圣乔治山传来的炮声。在利普雷镇的炮手都是些未经沙场的志愿者，本不应当将他们部署在这样的阵地上。时机还不到，他们便胡乱放了一声空炮，随后骑马的骑马，徒步的徒步，撒丫子逃进撤空了的镇子。火星人没有用热线，他们平静地跨过大炮，不无谨慎地躲避、超过逃跑的人群。这样一来，他们得以突然出现在潘斯山公园的炮兵阵地，摧毁了那里的大炮。

圣乔治山的炮兵阵地指挥得当，兵士也更勇敢。他们藏在松树丛中，连离得最近的火星人也没察觉。他们像接受检阅似的装上炮弹，向一千码开外的地方开炮。

炮弹在一个火星人的周围炸开了，只见他往前走了几步，摇摆了一下便倒下了。大家齐声欢呼，赶忙重新填炮。倒下的火星人长长地惨叫一声，听到叫声，第二个闪闪发光的大怪物出现在南边树梢上方。倒在地上那个三脚怪物的一条腿好像被炮弹打折了，第二拨炮弹都是从他上方飞过的。与此同时，另外两个火星人一齐向炮兵阵地发射热线。弹药爆炸了，大炮附近的松树纷纷起火，只有一两个已跑过山顶的人幸免于难。

之后，三个火星人似乎商量了一下，停了下来。据负责监视他们的侦察兵称，足足有半个小时，他们待在那里一动未动。被打倒的火星人从铜面罩里费力地爬了出来——一小团褐色的影子，从远处看像块锈斑。显然他是在忙着修理机器。九时许，机器修复了，因为他的面罩又出现在树丛上方。

那天晚上九点刚过，另外四个火星人同这三个出巡的火星人会合了。新来者每人手里拿着一支又黑又粗的管子，而且也给原来的三个火星人每人发了一支。七个火星人在圣乔治山、威布利治镇和利普雷镇西南的森德镇之间形成一个曲线阵势。

他们刚开始移动，便有十几支信号火箭从前面的山中腾空而起，向在迪顿和伊舍镇附近等待的炮兵发出预警信号。这时，四个同样拿着粗管子的火星人渡过河，其中两个进入我和副牧师的视野。我们当时精疲力竭，痛苦不堪，脚步匆匆地走在从哈里福特镇出来往北的路上。田野里的一团雾遮住了火星人底部的三分之一，他们看上去好像乘云而来。

看到这一情形，副牧师喉咙里低叫了一声，撒腿就跑。我知道，在火星人面前，跑是没用的，便转身钻过挂满露水的荨麻荆棘丛，爬进路边的宽沟里。副牧师回头见我那样做，也返身跑到我身边。

两个火星人停了下来：近处的一个脸冲着森布利方向；远处晚星的方向还有一个，灰色模糊的一团，脸冲着斯泰恩斯方向。

火星人停止了断断续续的吼叫，静静地站在自己的位置上，绕他们的铁罐子围成一个弯月形的战线，这个弯月形的两端相距十二英里。自从炸药发明以来，还没有哪一场战斗是在如此寂静中打响的。可在我们和利普雷镇附近的人看来，寂静中同样蕴藏着杀机。火星人孤零零的，但暗夜似乎在他们的股掌之间。黑暗的天地间，有亮光的只有弯弯的月亮，群星，暮辉和圣乔治山、潘斯山树丛里的红色火光。

然而，在火星人的弯月形战线对面，在斯泰恩斯、豪恩斯洛、迪顿、伊舍、奥克海姆，在河南面的小山和树丛后面，在河北面平坦的草地对面，只要有能起遮掩作用的树丛或者房屋，就有严阵以待的大炮。信号火箭在空中炸开，火星儿溅落，旋即消失。炮兵高度戒备的情绪升格为紧张的期待。一旦火星人进入射程，这些纹丝不动的黑色人影、这些在初降的夜幕里黝黑闪亮的大炮便会爆发出雷鸣般的战斗怒吼。

显然，警戒的人们心中都是这个念头，我也一样，可是这对火星人来说却是个谜。他们能理解我们多少？他们知道我们有组织，有纪律，万众一心，在齐心协力进行抵抗吗？他们能理解从我们这边喷出的火焰和炮弹的射伤是怎么回事吗？能理解我们对他们一层又一层的包围吗？也许他们对我们的举动的理解，就像我们看到蜂窝被捅，蜂群一哄而起，愤然攻击人类的举动一样，感到不可思议。他们想灭绝我们吗？（在当时，没人知道他们吃什么食物。）我盯着火星人的影子，心中涌出上百个问题，但最主要的还是伦敦方向的备战情况。人们挖陷阱了吗？在豪恩斯洛面粉厂附近准备好伏击了吗？伦敦人能像当年的莫斯科人那样坚强勇敢、将自己成片的房屋付之一炬吗？

我们趴在那里，透过树篱向外窥视，觉得好像过了几个世纪。这时，远处传来一声惊天动地的炮响。接着，近一点的地方也响了一炮，随后又是一炮。我们身边的火星人高举起粗管子，冲着大炮方向发射，轰然一声，地随之一震。在斯泰恩斯那边的火星人也跟着放了一炮。没有火光，没有烟，只有那么一声爆响。

大炮一声接一声，我兴奋不已，忘了自己的危险，忘了手上的烫伤。我从沟底爬上去，钻进树篱里，向森布利方向张望。就在这时，火星人的炮又响了起来，一发大炮弹凌空飞向豪恩斯洛。我想至少可以看到烟啦火啦之类的爆炸痕迹，可是我所看到的只是孤星独悬的暗蓝色天空和天底下漫无边际的一片白雾。没有炮弹落地的声音，没有爆炸声。平静恢复了，炮声稀疏了。

“怎么回事？”副牧师从我身边站起来，问道。

“鬼知道！”我说。

一只蝙蝠从空中掠过。远处传来一片叫喊声，但很快就消失了。我转头去看那个火星人，只见他正沿着河边飞快地、滚动一般地向东走去。

我想这个火星人随时会遭到隐蔽的大炮的轰击，可是傍晚的宁静依然。火星人越走越远，身影越来越小，最后被雾和夜幕吞没了。我和副牧师好像有同样的冲动，又往高处爬了爬。在森布利方向有一团黑影挡住了我们的视线，像是突然冒出的一座锥形山峰；河对面更远处、瓦尔顿的上方也有这么一座山峰。我们眼见着这些山一样的东西变矮、变阔。

我一激灵，赶忙向北望去，那边也升起了黑色的烟丘。

突然间，一切都寂静无声。东南方向的远处传来火星人相互吼叫的声音，在寂静中显得分外清晰，接着传来他们的大炮的震天闷响。可是地球人的大炮却默不作声。

当时，我们不知道是怎么回事，后来我才弄懂这些在黄昏里升起的可怕烟丘意味着什么。我已经描写过，火星人站在一条弯月形的战线上，每个人都用手里的炮筒发射霰弹，轰击前方的山丘、房屋和其他可能隐藏大炮的地方。有的仅开了一炮，有的开了两炮，比如我所看到的那位。据说，在利普雷镇的火星人，那一阵工夫就至少开了五炮。这些霰弹落地就碎——不是爆炸，立即释放出大团又浓又黑的烟气，像黑檀木似的积云翻滚着上升，形成一座烟丘后便向周围降落、蔓延。身体接触到或者呼吸进这种带辣味的烟气必死无疑。

这是一种重气体，比最浓的烟还重。因此，在起初的上升和蔓延之后，便从空中降落到地上，像气体，更像液体，顺着山坡流进峡谷、沟渠和河流。我听说火山口喷出的碳酸气体与此相似。这种气体碰到水便发生化学反应，在水面迅速形成沫状的浮渣，然后浮渣慢慢地沉底，新的浮渣又随即产生。这种浮渣是不溶物质。奇怪的是，虽然这种气体能与水发生剧烈的反应，但是这种水经过滤后，人喝了无害。这种气体非同一般，不会轻易散去，而是保持烟堤的形状，缓慢地就着坡势向下流动，风吹来时，气体好像不情愿似的随风移动。烟逐渐被浸入空气中的雾和湿气变成尘埃，落到地上。迄今，我们知道这种烟气里有一种未知的元素，这种元素在光谱仪中呈现四条蓝线。除此之外，我们对这种物质一无所知。

黑烟蔓延开来之后便紧贴着地面。在烟气沉落之前，只要在五十英尺高的地方，在高楼房顶或大树树梢，就有可能逃出毒气的魔爪。那天夜里在考布海姆大街和迪顿所发生的事情便证明了这一点。

一位从考布海姆大街逃出来的人讲述了他离奇的经历。他当时在教堂的尖塔上，只见黑烟翻滚，淹没了一切。不一会儿，镇上的房屋像鬼魂一样渐次显露出来。他在尖塔上待了一天半，疲惫不堪，饥肠辘辘，饱受日晒之苦。蓝天衬托着远山的背景，大地像一块宽阔的黑绒毯。阳光里，这里露出一片红屋顶，那里露出一丛绿树梢，后来又露出了遮着黑纱的灌木丛、街门、谷仓、厕所和墙垣。

这是在考布海姆大街的情形：黑色的烟雾经久不退，只能任其自行落地。火星人在达到目的后通常会自己动手清除黑烟：他们走进黑烟，往上面喷射雾状的东西。

他们对我们附近的烟堤就是这么处理的。我们回到上哈里福特，在一座空房子的窗前看到了星光下发生的一切。探照灯在里士满山和金斯顿山上扫来扫去。十一点左右，窗框颤抖起来，部署在那里的大炮轰鸣，持续了十五分钟。我们看不到火星人的影子，只是感到他们在胡乱地向汉普顿和迪顿方向开炮。突然，探照灯的白光不见了，取而代之的是一片红光。

后来我听说，那是第四只铁罐子——看上去像一颗绿得耀眼的流星——落到了布什依公园。在里士满和金斯顿山上的大炮开火之前，远处西南方向也打了一阵炮，我猜想那是炮兵在被黑烟吞没之前打的炮。

像人类熏马蜂窝一样，火星人有条不紊地向伦敦方向的开阔地施放那种令人窒息的怪烟。他们的弯月形战线两端越拉越开，从汉韦尔到库姆和莫尔登。他们整夜都在用毒气筒开路。自从一个火星人在圣乔治山被打死以后，他们再也没给炮兵一点儿立功的机会：凡是可能隐藏大炮的地方，便一阵黑烟炮打过去；见到露天部署的大炮，便用热线烧。

到了半夜，里士满公园山坡上的树林熊熊燃烧，金斯顿山上也火光冲天，照着黑烟形成的天罗地网。泰晤士镇被黑烟笼罩了，黑烟绵延，一望无际。两个火星人在黑烟里缓缓行走，来回喷洒着白雾。

那天夜里火星人没有用热线，可能是因为用来生产热线的材料有限，也许是因为他们不想毁灭一切，而只是想打垮吓退对他们的抵抗。他们显然已达到了后一个目的。有组织的抵抗截止到星期天夜里。此后，再没有哪个人类团体站出来阻止他们前进，因为那样做毫无成功的希望。甚至已经开到泰晤士河的鱼雷艇和驱逐舰也没敢停留，船员哗变，又将舰艇开了回去。那夜之后，人们所进行的唯一作战行动便是埋地雷、挖陷阱。即使这样的努力也像疯狂症一样，偶尔发作一下。

对于在暮色里严阵以待的伊舍方向炮兵阵地的命运，因为炮兵无一生还，只能——而且也不难——加以想象。我们可以想象他们准备迎击火星人时的阵容：军官在警惕地观察，炮手已经就位，弹药堆在顺手可取的地方，炮兵守在他们的马和炮车旁边，一群旁观的居民在允许的范围内尽可能靠前站着。宁静的黄昏，救护车和帐篷医院里躺着从威布利治镇来的被烧伤和打伤的伤员。这时传来火星人开炮的闷响，显得笨拙的炮弹呼啸着掠过树梢、房顶，摔碎在侧旁的田野里。

可以想象，人们的注意力蓦地被吸引过去，黑烟翻滚着向四周、向天空漫卷，暮色似乎变成了可以触摸的黑暗。这股前所未见的黑烟怀着敌意，带着恐怖，袭向它的受害者。隐约可以看见，离烟近的人和马尖叫着，奔跑着，一头栽倒，痛苦地呼叫。炮兵丢下大炮，倒在地上，被窒息得扭动着身体。随即这不透明的锥形黑烟蔓延开来。暗夜，毁灭——只有沉默的黑不见底的浓烟遮住了被它杀戮的尸体。

黎明前，黑烟在里士满镇的街道上漫卷，正在失去功能的政府做了最后一项工作：告诉伦敦居民赶快逃跑。

第十六章
伦敦大迁徙

现在你清楚了，星期一黎明时分，伦敦为什么会掀起一股恐惧的浪潮。逃跑的人像洪流，很快便汹涌澎湃，在火车站周围撞起浪花，在泰晤士河边为上船而争抢不已。大家不计较交通工具，能走就行，向北、向东匆忙撤离。警察系统在十点钟，铁路机构则是在中午，部门之间纷纷失去联络，组织解体，功能丧失。人员先是三三两两地流失，组织变得软弱无力，后来便一窝蜂地跑散，社会结构顿如落花流水。

泰晤士河以北的铁路沿线和坎农大街东南区的人们，在星期天午夜便得到了消息。火车里早就挤满了人，直到两点钟人们还在拼命争抢车厢里的立足之地。到了三点钟，甚至在离利物浦火车站两三百码远的毕晓普斯格特大街上也有人相互践踏的情形。有人开了枪，有人被刀子捅了。被派来指挥交通的警察筋疲力尽，怒气冲天，用警棍把本应加以保护的对象打得头破血流。

这一天晚些时候，火车司机和司炉拒绝返回伦敦，越集越多的人群在逃命念头的驱使下离开火车站，沿路往北撤离。中午时分，巴恩斯出现了一个火星人。一团慢慢沉降的黑烟沿泰晤士河飘来，横断拉姆巴斯平地。撤离的人群行动缓慢，他们企图过桥的路被截断了。另一道烟堤穿过伊灵，将卡塞尔山上的幸存者围成一个孤岛。人虽然还活着，却无法逃脱。

在乔克法姆车站，从货场装完货的火车冲进了尖叫着的人群，十几个大汉正在阻止人们把司机塞进锅炉。我弟弟原想从那里乘西北区的火车，但搏斗了一番，没有成功。他只好从车站出来来到乔克法姆路，一边躲闪着飞驰而来的一辆辆马车，一边穿过马路。他幸而成了第一个抢自行车店的人。他把自行车从窗户中拖出来的时候，车前胎被扎破了，但他还是骑上就跑。他伤得不重，只是手腕被划伤。霍活斯托克山脚的陡坡没法走了，路上横躺着几匹摔倒的马，他便上了贝尔塞兹路。

就这样，他从慌乱的人群中逃了出来，绕到埃奇韦尔路，大约七点到了埃奇韦尔。他饥肠辘辘，疲惫不堪，但却走到了人群的前头。沿路的居民站在路上，一脸的好奇和迷惘。几个骑自行车的、几个骑马的，还有两辆汽车超过了他。在离埃奇韦尔一英里的地方，他的自行车车圈断了，没法再骑了。他把自行车扔到路边，步履艰难地走进镇子。镇子大街上的店铺正在营业，镇上的人聚集在人行道上、街门口和窗子旁，吃惊地看着声势浩大的逃难队伍。他在一家小旅店里找到了一点吃的。

他在埃奇韦尔逗留了一段时间，不知道下一步该怎么办。逃难的人越来越多，其中不少人像我弟弟一样，想待在这个镇上。没有关于火星入侵者的新消息。

当时路上很拥挤，但却未阻塞。大部分逃难者都是骑自行车的，不过很快，汽车、漂亮的公共马车和私人马车也匆匆赶来，通往圣奥尔本斯的路上尘土飞扬。

我弟弟有个朦胧的想法——到切姆斯福德去，那里住着他的几个朋友，这个想法促使他踏上了一条向东去的安静小径。不久，他走到了一处两边有台阶的围墙，便翻过围墙，沿着一条通往东北方向的小路走去。他路过几家农舍和几座不知名的小村庄，一路上几乎没见到其他逃难者。一直走到快到巴尼特高地的草径，才碰到两位女士，后来他们一路同行。当时他恰好赶上救那两位女士。

他听到她们的尖叫声，便赶忙跑过拐角，见有两个男人正把她们从一辆小马拉的轻便马车里往外拽。另有一个男人吃力地拢着受惊了的马头。其中一位穿白衣服的矮小女士只是一味尖叫；另一位身材修长的女士手里拿着鞭子，正在抽打抓着她另一只胳膊的男人。

我弟弟一看便明白发生了什么事，他大叫一声，冲上前去。一个男人放开了抓住女士的手，转过脸来。我弟弟从对手的脸上看出非得打一架了。我弟弟是个拳击行家，他猛扑上去，一拳把那人打倒在车轮上。

这不是讲拳击道德的时候，我弟弟接着一脚把那人踢昏，顺手扭住正在拉扯身材修长女士的那个男人的衣领。这时，我弟弟听到马蹄声，他的脸上挨了一鞭，刚才拢马头的人一鞭子抽在他的眉心。他扭住的那个男人乘机挣脱开来，一溜烟儿地沿着来路跑开了。

我弟弟有点被抽愣了，莫名其妙地面对着那个刚才拢马头的人，又觉得马车一摇一摆地离他而去，上面坐着的女士在向后张望。他面前的这个人长得十分粗壮，正想凑近他，我弟弟迎面一拳制止了他。我弟弟意识到自己势单力薄，便躲闪过那人，沿着草径向马车追去，那壮汉紧追不舍。逃走的那个男人也回转身来，远远地跟在后面。

突然，我弟弟脚下一绊，摔倒了，紧追在后的那人直扑过来。我弟弟赶紧爬起来，发现自己又面对两个对手了，他恐怕是打不过他们的。多亏那位身材修长的女士勇敢地停下马车，返回来帮他。她有一支左轮手枪，在遭到攻击的时候，枪放在座位底下。她在六码远的地方开了一枪，差一点打中我弟弟。胆小一点的那人撒腿就逃，他的伙伴一边骂他胆小，一边也跟在身后跑了。他俩在能看得见的地方停住脚步，那里躺着被打昏的同伴。“给你！”那位女士说着把手枪递给了我弟弟。

“回到马车那边。”我弟弟命令道，同时用手抹去嘴唇上的血。

她一声不吭地转过身去——两人都气咻咻——回到马车边，

那位穿白衣服的女士正在使劲拢住受惊的马。

那些强盗显然已经畏惧了。我弟弟再回头看的时候，他们已往回走了。

“如果可以的话，”我弟弟说，“我坐这里好了。”他坐到了空着的前座上。那位女士回头望了望。

“给我缰绳。”她说着往小马身上抽了一鞭。一会儿工夫，马车转弯了，我弟弟看不见那三个人了。

我弟弟气喘吁吁，嘴唇被打破了，下巴被打青了，指关节沾上了血迹。他出乎意料地与两位女士坐车同行在一条陌生的草径上。

这两位女士是住在斯坦摩尔的一位外科医生的妻子和妹妹。医生在平纳处理完一个危重病人，凌晨往回返，在火车站听说火星人来了，便匆忙赶回家中，叫醒了女眷——用人已在两天前走了。他收拾了一些生活用品，把他的左轮手枪放在车座底下——是我弟弟运气——便让她们赶往埃奇韦尔，打算让她们在那里乘火车。他自己却留下来通知邻居。他说会在凌晨四点半追赶上她们，可这会儿已经九点了，却连他的影子都看不见。埃奇韦尔的交通越来越拥挤，没法在那里停车，她们便把车赶到了旁边的这条小径上。

她们零零碎碎地讲了这么多。我弟弟他们在新巴尼特附近停了下来。我弟弟向她们保证，至少在她们决定该怎么办或者医生赶来之前，他会陪伴她们。为了增强她们的信心，他自称是打左轮手枪的神枪手，实际上他对这种武器一窍不通。

他们在路边歇息，小马在草地里快乐地吃草。我弟弟给她们讲述了自己从伦敦逃出来的经历，也讲了他所知道的火星人的情况及其行为方式。太阳爬得更高了，过了一会儿，他们谁都不说话了，都在不安地做着不祥的猜测。草地上走过几个行人，我弟弟都尽量向他们打听消息。他所得到的每一个不完整的回答都加深了这个印象：这是一场人类的大灾难。他感到必须立即继续逃难，于是向她们提出了这个问题。

“我们有钱。”身材修长的女士说道，随即犹豫了。

当她的眼神与我弟弟的眼神相遇时，犹豫好像消失了。

“我也有钱。”我弟弟说。

她解释说，她们有三十镑金币，还有一张五镑的汇票，她们可以用这些钱在圣奥尔本斯或者新巴尼特乘上火车。我弟弟见过伦敦人是怎么挤火车的，他觉得这样做希望渺茫。他提出自己的意见：穿过埃塞克斯到哈威奇，彻底离开是非之地。

埃尔芬斯通太太——穿白衣服的女士——听不进任何意见，只是不断地喊“乔治”；但是她的小姑子却平静得出奇，考虑得也周到，她最终同意了我弟弟的意见。他们继续往巴尼特方向走，然后再上大北路。我弟弟在前头牵马，尽量节省小马的体力。

太阳升高了，天出奇的热，脚下泛白的厚沙变得滚烫刺眼，他们走得很慢。树篱上蒙了一层尘土。快到巴尼特的时候，人的嘈杂声越来越大了。

他们遇到的人渐渐多了起来。这些人疲惫不堪，一脸憔悴，衣冠不整，大都盯着他们看，问些模糊不清的问题。一位身着晚礼服的人眼睛盯着地面匆匆走来，他们听到了他的说话声，便回头张望，只见他一只手揪着自己的头发，另一只手在挥打着什么看不见的东西。他的盛怒发作完了以后，便头也不回地继续前行。

我弟弟一行人走到了巴尼特南面的岔路口，看到一位妇人从左边的田地里向大路走来，怀里抱着一个小孩，身后还跟着两个孩子。不久，他们又超过一个穿黑色脏衣服的男人，只见他一手拿着一支大棒，一手拎着一只小旅行箱。一辆马车从别墅间的小巷拐角处上了马路，拉车的小黑马通身是汗，赶车的是个头戴圆顶硬礼帽、面黄肌瘦的年轻人，一身风尘，车上拥挤地坐着三个像是东区工厂女工的姑娘，还有两三个小孩。

“这条路是通往埃奇韦尔的吗？”赶车的人问道，苍白的脸上有一双惊恐的大眼睛。我弟弟对他说左拐便是，他马上挥鞭而去，连声谢谢都来不及说。

我弟弟发现前面的房子冒着灰白的烟雾，巷子尽头看得到马路，马路对过有一片白色的石阶，被烟雾蒙上了一层白纱。转瞬间，烟气腾腾的红色火苗从前方的房顶窜入炎热、瓦蓝的天空，埃尔芬斯通太太尖叫起来。周围一片嘈杂声：人的叫喊声、车轮的吱吱声、马车的嘎嘎声，还有马蹄的得得声，混乱不堪。巷子离岔路口还不到五十码。

“天哪！”埃尔芬斯通太太喊道，“你把我们带到了什么地方？”

我弟弟停住了马车。

大路上人流如潮，人挤人地向北奔逃。扬起的尘土被太阳的强光映得闪亮，成百上千的马蹄、步行的男男女女，还有各式各样的车轮，所搅起的尘土给离地面二十英尺以内的物体涂上了一层又一层模糊的灰色。

“让路！”我弟弟听到后面的人喊，“让开路！”

要穿过小巷走上马路如同穿越浓烟烈火，人群的叫喊声像熊熊烈焰。尘土滚烫，带有刺激性气味。而且，就在前面不远处，一幢别墅在燃烧，黑烟滚滚而来，使一切显得更加混乱。

两个男人超过了他们。随后走过来一个妇人，手里提着沉重的包裹，不停地抽泣着。一只丧家猎狗耷拉着舌头，犹犹豫豫地绕着他们转圈，栖栖惶惶的样子。我弟弟吓唬了它一下，它就跑开了。

向伦敦方向极目望去，右方房屋夹道间涌动着肮脏的人流，两头是燃烧的别墅，人群被堵在中间。人们跑到拐角的时候，黑压压的脑袋、拥挤的身影变得清晰起来，接着便又汇聚、淹没在尘土中的人群里。

“走哇！走哇！”人们在叫喊，“让开路！让开路！”

人挨着人，人推着人。我弟弟抓着马头，看着这种情景，缓缓地、一步一步地向前走去。

埃奇韦尔乱糟糟的一片，乔克法姆镇可以说是一片骚乱。可这是全城大迁徙，逃难人的景象难以想象，无法描述。人群一层又一层地涌过街角。路边上步行的人担心被车轮碾着，有滚下沟的，也有你撞我、我撞你的。

形形色色的马车一辆接一辆，几乎没有超车的空隙，但是那些轻快马车的急性子赶车人还是见缝插针，把行人挤到门洞里、篱笆上。

“快走！”人们叫喊着，“快走！他们来了！”

一辆马车上站着一位穿救世军服的盲人，他一边用扭曲的手指比画着，一边大叫道：“永恒！永恒！”他声嘶力竭，人早已消失在远处的尘埃中，声音却依然听得到。马车上人挤人，赶车的人盲目地鞭打着自己的马，与其他赶车人争吵着；有的人坐在车上一动不动，两只呆滞的眼睛痛苦地盯着一处；有的人口渴得直啃手，或者干脆平躺在马车里。马嚼子上满是泡沫，马的眼睛血红。

公共马车、私人马车、店用马车、农用马车、邮差车、标有“圣潘克拉斯教区”的马路清扫车，还有一辆挤满凶汉的运木材车，马车多得数不清。酿酒商的一辆马车轱辘辘地走过，两个前轮溅上了鲜血。

“让开路！”人们喊道，“让开路！”

“永——恒！永——恒！”路的远处传来回声。

不少悲悲切切、面容憔悴的妇女从路上走过，身后的孩子啼哭着，踉踉跄跄。她们入时的穿戴皱褶不堪，落满灰尘，疲惫的脸上泪泥斑斑。大多数妇女的身后跟着男人，有的温柔无比，尽心照应；有的虎着脸，怒气冲冲。在他们身边，一些衣衫褴褛的街头无赖疲惫地打打闹闹，怒目圆睁，大吵大嚷，满嘴污言秽语。身体强壮的工人挤开行人，大步流星。衣着蓬乱、打扮得像职员或店员的人疲惫不堪，却一阵又一阵地加紧脚步。我弟弟看到了一个受伤的士兵，一个穿铁路搬运工服的人，一个穿着睡衣、上面只披了件外套的倒霉蛋儿。

人群里什么样的人都有，但有些东西是共同的。他们的脸上都挂着恐惧和痛苦，担心危险从后面追上来。路上略有风吹草动，或者有人为争抢座位而争吵起来，人群便会加紧脚步。一位双腿瘫痪的人成了惊弓之鸟，一度竟惊吓得走起路来。炎热和尘土使得行人皮干唇裂，个个口渴难耐，精疲力竭，脚也走疼了。鼎沸的声音里有争吵、责备和疲劳的呻吟，大都声音嘶哑，有气无力，一个主题却贯穿始终：

“让路！让路！火星人来了！”

一路上几乎没人停住脚步，没人离开人流站到路边。小巷与马路的交会处是斜着的，巷口很小，给人以通往伦敦的错觉。在这里却有一小股逆流涌入巷口，一些体弱的用臂肘开路挤出人群，休息片刻后又重新回到人流。离巷口不远处，有个人躺在地上，他的一条腿赤裸着，缠着带血的绷带，他的两个朋友正俯身照料他。这个人很幸运，身边有朋友。

一位小个子老头儿，蓄着灰白的军人胡，身穿肮脏的罩衣，一瘸一拐地走出人流，坐在水湾旁边，脱下靴子——他的袜子上血迹斑斑——倒出一块小石子，又蹒跚赶路。一个八九岁的小女孩，大人不在身边，趴倒在离我弟弟不远的树篱底下，哭了起来。

“我走不动了！我走不动了！”

我弟弟从目瞪口呆中醒来，把她扶起来，和蔼地同她说话，把她抱给埃尔芬斯通小姐。我弟弟的手一碰到她，她就不哭了，好像很害怕。

“艾伦！”人群里有个女人尖声哭喊道，“艾伦！”女孩像箭一样挣脱我弟弟的怀抱，哭喊着“妈妈！”

“他们来了。”一个骑马的人说着从小巷穿过。

“让开路，快点！”一个高大的赶车人吼道。我弟弟看见一辆关着车门的马车拐进巷子。

行人你拥我挤，躲避马车。我弟弟拽着马头，把车退到树篱边。那人赶着马车超过去，把马车停在路的转弯处。这是一辆套两匹马的四轮马车，可是只有一匹马在辕子里。我弟弟透过尘埃朦胧地看见两个人抬下一个白担架，轻轻地放在水蜡树篱下。

其中一人跑到我弟弟跟前。

“哪儿有水？”他问道，“他快死了，口渴极了，是加里克勋爵。”

“加里克勋爵！”我弟弟惊讶道，“大法官？”

“有水吗？”

“这些房子里，”我弟弟说，“也许会有水管。我们没有水。我不敢离开我的人。”

那人挤开人群，向街角的房子走去。

“走哇！”人们一边喊一边用手推，“他们来了！走哇！”

这时，我弟弟的注意力被一位蓄着胡须的鹰脸男人吸引了，那人拖着一只小手提包。我弟弟刚好看到手提包崩裂，涌出一堆金币，落到地上四散开来，滚到人脚、马蹄下。那人停下来，看着这堆钱币愣了一下。一辆马车的车杆撞到他的肩上，把他撞倒在地。他惊叫了一声，赶忙往一边躲，差点没被车轮碾着。

“让开！”周围的人都冲他喊，“让开路！”

马车一过，他就张开双臂，扑倒在地，大把大把地往口袋里装钱币。一匹马在他身边立起前蹄，他刚想起身，马蹄已经踏到了他身上。

“停车！”我弟弟尖叫一声，推开一个妇人，想上前去勒住马嚼子。

他还没来得及赶过去，就听到车轮底下一声惨叫。尘土中，他看到车轮碾过那个可怜人的脊背。赶马车的向我弟弟抽了一鞭，我弟弟绕到车后。在一片嘈杂的叫喊声中，他什么也听不清。那人躺在钱堆上扭来扭去。车轮碾断了他的脊背，他爬不起来了，他的下肢动不了了。我弟弟站直身子，冲后面的车夫喊了一嗓子，一位骑黑马的人上前帮忙。

“把他抬到路边。”骑黑马的人边说边用腾出的手抓起那人的衣领，我弟弟斜着拖他。但那人还在拼命地抓他的钱，怒目圆睁，用抓了一把金币的手使劲打我弟弟的胳膊。“走哇！走哇！”后面的人愤怒地喊道，“让路！让路！”

一辆马车的车杆戳进骑黑马的人拦住的另一辆马车。我弟弟抬头看了一眼。攥着金币的人扭回头来咬抓他衣领的手。又发生了碰撞，一匹拉马车的马从侧面撞向黑马，黑马向旁边踉跄了几步，一只马蹄险些踩着我弟弟的脚。他松开了拖那人的手，跳到一边。他看到倒在地上的那人的脸由愤怒变成恐惧，转瞬间便被人遮住了。我弟弟则被人流挤着出了巷子口，他不得不奋力挤回来。

他见埃尔芬斯通小姐用手捂住了眼睛，一个小孩一脸天真的同情，眼睛瞪得很大，呆望着车轮碾压的一团东西，那团东西在尘土飞扬中一动不动。“我们往回走！”他喊道，牵着马就往回转。“这——地狱，没法过。”他说。他们沿来路往回走了一百码，拼命拥挤的人群看不见了。转弯的时候，我弟弟看到水蜡树篱沟里有一张奄奄一息的面孔，脸色惨白，痛苦不堪，淋淋的虚汗闪闪发光。两个女人一声不吭，蜷缩在车座里瑟瑟发抖。

转过拐角，我弟弟又停住了车。埃尔芬斯通小姐脸色苍白，她嫂嫂坐在那里抽泣，累得连说“乔治”的力气也没有了。我弟弟刚才被吓昏了头。刚开始往回走，他就意识到冲出那个交叉路口的必要性和紧迫性。他转向埃尔芬斯通小姐，态度突然变得坚决。

“我们只有那一条路能走。”他一边说一边牵着马重又转回来。

在这一天里，埃尔芬斯通小姐第二次证明了她是个能干的女子。为了冲进那人与车的洪流，我弟弟冲到路中间，拽住了一匹拉公共马车的马。她赶着自己的马车从那匹马的鼻子底下插进车流，马车的轮子与另一辆车的车轮蹭到一起，撞下一长条木片。不一会儿，他们的马车便被卷入车马的洪流，只有随波逐流了。我弟弟的脸上和手上留下了被公共马车驭手鞭抽的血痕，他爬上马车，从她手里接过缰绳。

“后面的车顶上来的话，”他命令道，“就用枪对着赶车人，不！——用枪打他的马。”说话间，我弟弟把左轮手枪递给了她。

随后，我弟弟便寻找机会往右穿过马路。可是，一旦进入这车水马龙，便似乎失去了自我意志，成了顶着尘埃匆匆奔逃的人群的一部分。他们被席卷着，走过了契平巴尼特。离开镇中心大约半英里之后才终于穿到了路对面。嘈杂的声音、混乱的场面，难以描述。不过在镇里和镇外，道路出现了很多岔口，在一定程度缓解了交通的拥挤。

他们穿过哈德里向东行进。在哈德里路两旁和更远一点儿的地方，人们成群结队地喝溪水。有人拼命挤抢着，想到水边一饮为快。再远一些，从东巴尼特附近的小山里开出两列火车，车上挤满了人，连机车后面盛煤的车斗里也都是人。两列火车一前一后，既无信号也无号令，沿着大北方铁路缓慢地向北行驶。我弟弟猜测，人们一定是在伦敦郊外乘上的火车，因为在当时，伦敦终点站里的人们因恐惧而发狂，列车根本无法开出。

在那个下午剩下的时间里，我弟弟他们就在附近休息。一天的紧张逃奔已使他们精疲力竭，他们开始感到饥饿难挨。夜里很冷，他们谁也不敢入睡。晚上，不少人从离他们不远的路上匆匆而过，朝着我弟弟他们来的方向走去，像在逃避什么莫名的危险。

第十七章
“雷孩儿号”

如果火星人的目的仅在于毁灭一切的话，伦敦所有的人都会在星期一这天被尽数消灭。在通往巴尼特的路上，通往埃奇韦尔和瓦尔特海姆教堂的路上，往东通往绍森德和舒伯利尼斯的路上，以及泰晤士河南通往迪尔和布洛德斯塔尔斯的路上，到处都拥挤着疯狂奔命的人。如果有人在那个六月的上午乘坐气球飞到伦敦明净瓦蓝的空中，他一定可以看到，从伦敦错综复杂的街巷到每一条向北、向东的城外公路上到处是逃难者密密麻麻的黑点，每一个黑点都在经受着惊恐和疲惫的折磨。在前一章里，我详细地转述了我弟弟在通往巴尼特路上的所见所闻，读者可以了解那密密麻麻的黑点中的一员是如何感受的。人类历史上还从未有过如此大规模的痛苦迁徙。传说中的哥特人和亚洲的匈奴人大军在这股洪流中恐怕只能算沧海一粟。眼下的迁徙却不同于军队，没有纪律约束，而是逃窜奔命，人山人海，惊心动魄，一片混乱，漫无目的。六百万人，没有武器，没有给养，一窝蜂般地逃窜。这是文明毁灭、人类惨遭杀戮的前兆。

乘坐气球的人垂直向下方看，就会看到：一望无际的网状街道、房屋、教堂、广场、清真寺、花园——都被遗弃了——像一张巨幅地图，这幅地图的南边像是被墨水涂污了。在伊灵、里士满和温布尔登一带，似乎有一只硕大无朋的钢笔甩下了点点墨迹，每一个污点都在缓慢地变大，向四面八方延伸，一会儿受阻在高地的前面，一会儿从高处快速漫向低谷，确实很像一滴墨水在吸水纸上蔓延的情形。

在河南岸几座青山背后，闪闪发光的火星人走来走去，有条不紊地一忽儿将毒气撒向这里，一忽儿又撒向那里，目的达到后便用喷雾枪把毒气清除掉，随即占领这块地方。他们好像并不以毁灭一切为目的，而只是想彻底摧毁抵抗者和抵抗者的意志。他们所到之处，引爆所有弹药库，割断所有电报线，破坏所有铁路。他们是想把人类变成折断翅膀的鸟。他们似乎不急于扩大战场，整整一天都在伦敦中部活动。也许在伦敦还有不少直到星期一上午仍待在家里不肯离去的人，其中许多人肯定已被黑烟熏死在家中了。

大约中午时分，伦敦港出现了一个令人惊心动魄的场面：在逃难者的重金引诱下，不少汽轮及各式各样的船只停泊在河中间。据说不少游泳过去、企图爬上船的人都被船上的人用篙捅下去，淹死了。下午一点左右，变淡了的黑烟飘到了布莱克弗利亚斯桥的桥墩中间，港口的人见此情形乱成一团，你推我搡，各自夺路而逃。许多船只挤作一团，阻塞在塔桥的北桥孔底下。人们从水边向船上涌来，水手们粗野地拦阻。有人甚至从桥上沿桥墩往船里爬。

一个小时以后，一个火星人出现在钟塔后面，接着便趟水下河。不一会儿，在莱姆豪斯上游漂浮的只有船的残骸了。

很快我会讲到从天而降的第五只铁罐子。第六只铁罐子落在温布尔登。我弟弟他们的马车停在草地上，我弟弟坐在车里，替两位女士守夜，他看到一道绿光落到远处的山后。星期二这天，他们一行人仍打算乘船出海，在拥挤的乡间公路上向科尔切斯特行进。当时已有确切的消息，伦敦已落入火星人手里。有人说在海格特看到了火星人，有人甚至说在尼斯登也见到了火星人。可是直到第二天，我弟弟还不曾见到火星人。

那天，散乱的人群开始感到饥饿难耐，饿急了就不管什么财产权了。农民们手里拿着武器，出来保卫自己的牛棚、谷仓和快要成熟的薯类作物。不少人跟我弟弟一样在向东走。有些走投无路的人干脆掉头往伦敦方向走，试图去取食品。这些人大都住在伦敦北部，他们对黑烟的了解只是道听途说。我弟弟听说大约一半的政府官员集中在伯明翰，还听说人们准备了大量烈性炸药，在英格兰中部的几个郡布下自动地雷。

还有人对他说，事发第一天，英格兰中区铁路公司的人惊慌失措，弃职逃窜，但现在公司重新派人当值，铁路交通恢复了，有火车从圣奥尔本斯往北开，以缓解伦敦附近各郡的交通拥挤状况。在契平昂加有一则公告，称在北部几个镇里有大量现成的面粉供应，而且在二十四小时以内，可向附近饥饿的人们发放面包。这些消息没有动摇我弟弟既定的逃难计划。三个人向东走了一天，除了那个空头许诺，他们再没听到任何发放面包的消息。事实上，那事儿根本就没了下文。那天夜里，第七颗天外来“星”降临，落在普里姆罗斯山上。那颗“星”落下时，埃尔芬斯通小姐正在跟我弟弟换班守夜，她看到了这颗“星”坠下的情形。

三位逃难者在还未结穗的麦地里度过一夜。星期三，他们来到了切姆斯福德。他们遇到了当地的一群人，自称是公共供应委员会的，把他们的小马当作食品征走了，没有任何报酬，只是允诺第二天有他们一份肉吃。在这里，他们风闻火星人已到埃平，也听说人们炸毁了瓦尔特海姆教堂火药厂，原想能炸死一个火星人，结果鸡飞蛋打。

这里的人们站在教堂的塔楼上瞭望火星人。我弟弟他们没有在中途等待发食品，而是一刻不停地向海边走，尽管他们也很饿。这是他所应当庆幸的。中午时分，他们穿过蒂灵海姆。这里人去屋空，静得出奇，只有几个专抢难民的人在翻找食物。过了蒂灵海姆不远，大海突然出现在眼前。海面上停泊着各式各样的船只，数量之多令人惊叹。

船家不能再溯泰晤士河而上，只好将船停泊在埃塞克斯、哈威奇、瓦尔顿和克拉克顿附近，后来又停泊到福尔尼斯和舒伯利，接乘难民。船只排列成长长的镰刀形，在内兹岬附近隐入雾中。在近岸的地方，有许许多多小渔船，英国的、苏格兰的、法国的、荷兰的，还有瑞典的；还有从泰晤士河开来的汽艇、帆船、电船。远些地方是大吨位船只，有许多脏兮兮的运煤船、漂亮的商船、运牲畜船、客轮、油轮、远洋货轮，甚至有一艘老式运输船，还有从南安普敦和汉堡开来的漂亮的白色、灰色班轮。我弟弟隐约看见，在布莱克沃特对面的海边，排着密密麻麻的一群小船，水手正同海滩上的人讨价还价。海滩上也是人山人海，差不多一直从布莱克沃特排到莫尔登。

大约离岸两英里远，停泊着一艘铁甲船，吃水很深。我弟弟觉得那船里好像盛满了压舱的水。这是一艘装有撞角的军舰——“雷孩儿号”。这是我弟弟能看到的唯一一艘军舰。不过，在右边远方平静的海面上——那天风平浪静——有一条像蛇似的黑烟，标志着那里还有一条铁甲舰。在火星人攻城略地肆虐之时，整个海峡舰队面对泰晤士河口摆开了长长的阵线，机器点火，严阵以待，警惕百倍，然而却无力阻止火星人的进攻。

看到大海之后，埃尔芬斯通太太陷入恐慌，她的小姑子再三安抚也全无用处。她从未离开过英国，她说宁愿去死，也不愿到举目无亲的国外去，等等。这个可怜的女人似乎觉得法国人与火星人没什么两样。两天旅程下来，她变得越来越歇斯底里，惊恐不已，而且心情压抑。她唯一的想法就是回到斯坦摩尔，斯坦摩尔总是那么安宁，到了斯坦摩尔就能找到乔治。

他们费了好大劲儿才把她弄到海滩上。不一会儿，我弟弟设法吸引了一艘汽轮上的人的注意。这是一艘汽动划桨船，是从泰晤士河开来的。汽轮上放下一条小船前来讨价还价，最终以三个人收费三十六镑成交。小船上的人说，这艘汽轮是开往奥斯滕德的。

大约两点，我弟弟在跳板口付了钱，便同他所保护的两个女人安全地上了船。船上有食品供应，只是价格贵得吓人。三个人凑钱买了饭，坐在船前部的座位上享用。

船上已有四五十位乘客，可是船长还是将船停在布莱克沃特对面的海里，一直停到下午五点，不断接乘客上船，直到甲板上挤满了人，一不小心就会被挤下水。若不是南边响起了炮声，船长还不会让开船的。好像是在应答什么信号，铁甲舰放了一小炮，升起了一串小旗。军舰的烟囱里喷出浓烟。

一些乘客起初认为那一声炮响是从舒伯利尼斯传来的，后来炮声越来越响。与此同时，远处东南方向，三艘铁甲舰桅杆和上部顶着滚滚浓烟，一艘接一艘地从海平面上显露出来。可是我弟弟的注意力很快被南方远处的炮声吸引了过去，他似乎看到一股浓烟在远处的阴霾里升起。

这艘小汽轮拍打着水，向弯弯的船阵东边航行，低矮的埃塞克斯海岸逐渐变成模糊的蓝色。这时，火星人出现了。远远望去，一个隐隐约约的小身影。这个火星人从福尔尼斯方向来，正走在泥泞的海滩上。舰长在舰桥上见到这情景，惊恐而且愤怒地吼骂了一声，为自己的延误而懊恼，汽动桨似乎也被他的恐慌感染了。船上所有人或站在船舷旁，或站在座位上，盯着远处那个影子。火星人比陆地上的树木和教堂的塔楼都高出一截，像在模仿人的步态，不紧不慢地迈着大步。

这是我弟弟第一次见到火星人。他站在那里，与其说吓傻了不如说惊呆了，看着这个大怪物不慌不忙地走进海里，走向船队。这时，另一个火星人迈过矮树丛出现在克劳奇河那边。接着更远处又出现了一个，脚深插进海滩的泥水中，一步步走来。海滩的泥水闪闪发亮，好像悬在海天之间。火星人都在向海里走，好像要截断拥挤在福尔尼斯和内兹岬之间密密麻麻的船队的退路。尽管这只小汽轮的蒸汽机轰轰隆隆，竭尽全力，轮子向船后甩出一串串泡沫，但在厄运逼近时，其退却速度之慢还是让人心惊肉跳。

西北方各种船只组成的弯阵已开始在恐惧中扭曲变形，有的船首尾衔接，赶紧后逃；有的船在急转船头。汽轮汽笛紧鸣，喷吐着蒸汽；帆船张起了帆；汽艇冲来撞去。我弟弟被这一情形和左侧逼近的危险所吸引，没有注意航线上的事情。这艘汽轮突然转向（避免被撞翻），将他从站的座位上甩了下来。周围一片呼喊声和脚步声，远处似乎传来对惊呼微弱的呼应。小汽轮倾斜了，我弟弟以手撑地摔倒在甲板上。

他跃身而起，只见离他们倾斜的汽轮右舷不足一百码处，一个大铁家伙破浪向前，犁开的海水在它两边形成巨浪，带着浪花直扑汽轮而来。汽轮倾斜，桨翘起来，在空中无助地摆动。转瞬间，汽轮又被吸入浪谷，甲板几乎与水齐平。

我弟弟被溅起的水花糊住了眼睛，过会儿等他能看清的时候，那大怪物已经走远，疾速向陆地方向驶去。巨大的干舷耸立在海面，两只烟囱喷吐着带火的浓烟。这就是鱼雷舰“雷孩儿号”，它正加足马力前去营救遇险的船队。

我弟弟抓住船舷，尽力在颠簸的甲板上站稳脚跟。越过这艘冲锋陷阵的海中怪物，他的视线又回到火星人那边。只见三个火星人这会儿聚到了一起，站在离岸很远的海里，脚几乎全都没在水里。从远处看去，火星人矮了一大截，似乎没有那艘大铁家伙可怕。我弟弟他们乘坐的小汽轮仍在“雷孩儿号”的航迹里颠簸不已。火星人好像对这个新对手充满惊奇，他们也许以为这个大家伙是自己的新伙伴。“雷孩儿号”没有开炮，只是全速向火星人驶去。大概正因为没开炮才使它得以那样接近火星人，火星人还不知道该拿这艘军舰如何是好。如果军舰开一炮，火星人马上会用热线送它下海喂鱼。

“雷孩儿号”疾速而去，不一会儿，便走到了小汽轮和火星人之间。衬托着渐渐远去的埃塞克斯海岸线，那艘黑色的大舰艇渐渐变小。

突然，站在最前面的火星人垂下炮管，向铁甲舰打了一发黑烟炮。炮弹击中舰左舷后滑开了，一道墨黑射线向海里飞去，涌起一股浓浓的黑烟。铁甲舰绕过了黑烟。汽轮上的人离海面较近，再加上阳光晃眼，他们觉得铁甲舰似乎已冲到火星人中间了。

人们看到火星人瘦削的身影疏散开，向海边后退，身体越来越高。其中一个举起照相机似的热线发生器，角度下倾。热线所到之处，腾起一道雾堤。热线击穿军舰的铁甲如同烧红了铁棍、捅透纸张那么容易。

升腾的蒸汽里火光一闪，那个火星人歪斜着踉跄了几步，转瞬间便倒下了，激起冲天水柱和蒸汽。“雷孩儿号”的舰炮在气雾中轰鸣，一炮接一炮。其中一炮在离汽轮不远的地方击起冲天水柱，另一发跳弹飞向了北面正在逃命的船只，将一艘小渔船击成碎片。

不过没人对此太在意。看到一个火星人倒下了，站在船桥上的船长大叫了一声，簇拥在船尾的乘客也同声欢呼起来。接着他们又是一阵欢呼：从白茫茫的气雾里冲出一个黑长的东西，中部烈焰熊熊，窗口、烟囱喷着火舌。

“雷孩儿号”还活着：舵好像完好无损，蒸汽机仍在工作。它朝着另一个火星人直冲过去。大约离那火星人还有一百码的时候，火星人发射了热线。一声巨响，一片耀眼的闪光，“雷孩儿号”的甲板、烟囱飞到空中。火星人在爆炸声中打了个趔趄，眨眼间，烈焰腾腾的军舰残骸凭借惯性撞上火星人，像揉纸张一样将他撞作一团。我弟弟情不自禁地欢呼起来。滚滚蒸汽升腾起来，重又遮住了一切。

“打死两个了！”船长吼道。

大家都在欢呼，全汽轮上下回荡着发疯似的欢呼声。先是一条船上的人的欢呼声，接着便成为往海中逃跑的船上所有人的欢呼声。

蒸汽在海面悬了好几分钟，把第三个火星人和岸边都遮掩住了。与此同时，汽轮在一刻不停地向海里划行，远离战场。白雾终于消散，又飘来一股黑雾，但还是看不到“雷孩儿号”的影子，也看不到第三个火星人。不过在海深处的铁甲舰却离得近了，它们与汽轮交错而过，向海岸方向驶去。

小蒸汽船继续向大海深处航行，铁甲舰渐渐地向海岸方向远去了。海岸那边依然烟雾茫茫，有蒸汽，也有黑烟，此消彼长，混合交融，堪称奇观。逃难者的船队散乱地向东北方向行驶，几只小渔船穿行在铁甲舰和汽轮的中间。过了一会儿，军舰行驶到快要沉落的烟堤时转向往北，突然绕过烟堤，驶入南面变浓的暮色里。海岸模糊了，终于难以分辨，与在落日周围集聚的一股股低垂的烟雾融为一团。

突然，从金色的夕阳余晖的方向传来大炮的震颤声，一群黑影在晃动。大家争着到船栏杆前，向火一样耀眼的西方望去，可什么也看不清。一团浓烟歪斜地冲向空中，遮住了太阳的脸。尽管悬念横生，这艘小汽轮还是突突地、一刻不停地往前开。

太阳沉入灰色的云雾，天空先是火红，继而暗淡，晚星眨着眼睛，显露了出来。暮色深时，船长指指点点地大叫起来。我弟弟凝眸细瞅，只见什么东西从一片灰色中冲入天空。这东西斜着向上飞去，快速地飞过烟云，飞入西边明亮的净空。这东西平平的、宽宽的，而且挺大，绕了一个大弧，渐渐变小，缓慢下落，最后消失在神秘灰暗的夜色里。随着这东西飞过，黑夜便降临了。

下篇

火星人统治下的地球

第一章

在火星人眼皮底下

在第一卷里，我扯了不少我弟弟的经历，而对自己的历险却搁置不提了。在前两章故事发生的时候，我跟副牧师一直藏在哈里福特的空房子里，以躲避黑烟的袭击。我就从那里接着说。我们星期天和次日（大恐慌的那一天）一整天都待在那里，在一个难见天日的孤岛上，周围全是黑烟，把我们与世隔绝了。整整两天，我们无计可施，只能痛苦无比地被动等待。

我心中充满了对妻子的担忧。我想她在莱泽海德身处险境，一定吓坏了，可能以为我死了，在那里痛不欲生。我在房子里踱来踱去，想到我们失去联系，想到我不在她身边可能会发生什么不幸，想着想着不免失声恸哭。我知道我的堂兄很勇敢，足以处理任何紧急情况，可他不是那种很快便能了解危险程度并且立即做出反应的人。现在的情况所需要的不是勇敢，而是考虑周全。

唯一能使我略感安慰的就是希望火星人只向伦敦进攻，离他们越来越远。这些隐隐的担忧使我很敏感，也很痛苦。副牧师还是大呼小叫，无休无止。我开始对此感到厌烦和气愤，对他那种只顾自己的绝望感到厌烦。规劝了几次无效之后，我便躲开他，独自待在一个房间里。这房间显然是给孩子们上课用的，里面有地球仪、图片和抄写本。副牧师跟我到这个房间后，我就到了顶楼的杂物间。为了抚平自己的痛苦，我把门反锁了。

那一整天和第二天早上，我们都在黑烟的包围之中。到了星期天晚上，有迹象表明邻居的房子里有人，窗上露出一张脸，房间里有移动的灯光，后来还有重重的关门声。但我不知道他们是什么人，第二天却看不见他们的踪影了。第二天上午，黑烟慢慢地向河边飘来，离我们越来越近，最后终于飘到了我们这所房子旁边。

中午时分，一个火星人穿过田野走了过来，喷射高温水雾清除黑烟。雾喷到墙上嗤嗤作响，喷到窗户上时玻璃全碎了。副牧师在从前屋往后屋逃时，手被喷雾烫伤了。后来，我们悄悄地穿过湿透的房间，向外瞭望：北面的土地看上去好像刚刚经受了一场黑色的暴风雪。我们往河边看去，吃惊地发现焦黑的草地与一种莫名其妙的红色东西搅在一起。

我们开始并没有意识到这种变化对我们的处境有什么影响，只是觉着不必再惧怕黑烟了。可是到后来，我意识到已经没有黑烟围困我们了，我们可以逃走了。我一发现逃走的路已经畅通，便又想采取行动。可是副牧师却不愿离开，而且不可理喻。

“我们在这里很安全，”他反反复复地说，“这里很安全。”

我决定离他而去——早点那样做就好了！我从炮兵那里学了些本事，先找了些食物和水，又找了些油和碎布处理我的烫伤，还带上了我在一间卧室里找到的一顶帽子和一件法兰绒衬衣。他得知我打算一个人走——不得不一个人走时，突然改变主意要跟我一起走。整个下午静悄悄的。我们大约是在五点出发的，沿着焦黑的路朝森布利走去。

在森布利以及沿途，到处可见人和马的变形尸体、翻倒的马车和行李，上面都覆盖着厚厚的一层黑灰。这层黑灰使我想起从书上读到的庞贝城毁灭的情形。我们顺利地到达了汉普顿考特，满脑子装的都是前所未见的古怪景象。在汉普顿考特我们终于看到了一块令人赏心悦目的绿色草地，没有被窒息万物的毒气所祸害。我们穿过布希帕克，那里的鹿在胡桃树下优哉游哉。远处有男男女女正匆匆朝汉普顿考特赶来，这是我们多日以来见到的第一帮人。就这样我们来到了特维克纳姆。

马路对面，哈姆和彼得舍姆后面的树林仍在燃烧。特维克纳姆既没遭到热线伤害，也没经历黑烟毒祸，这里的人更多，却没人能告诉我们什么新消息。他们当中的大部分同我们一样，利用这段平静的间隙换个地方。我觉得这里的许多房子里仍住着被吓坏了的人，他们被吓破了胆，连逃跑也不敢了。一看便知这里曾发生过惊慌匆忙的大溃退。我至今还记得清清楚楚：三辆撞坏的自行车叠放在路上，被后来的一辆辆马车轮子碾进了土里。八点半左右，我们穿过了里士满桥。自然，我们是在暴露目标的桥面匆匆跑过的，可我仍注意到河里漂着几团红色的东西，其中几块有好几码宽。我不知道那是什么——没有时间仔细观察——我感觉比实际要更严重些。在萨里这边的河边，到处都是黑烟变成的黑尘和尸体，在火车站附近就有一堆。不过，在快到巴恩斯之前我们没见到火星人的影子。

在焦黑的远处，若不是看见有三个人在沿着小街往河边跑，我们真的以为那里已经人去屋空。山上的里士满镇在熊熊燃烧，镇外没有一丝黑烟。

我们走到了基尤附近，突然跑来一帮人。一个火星作战机器的上半截露出房顶，离我们不足一百码。我们身处险境，吓得目瞪口呆。火星人只要往下看一眼，我们当即就会完蛋。我们害怕极了，不敢再往前走，便转身躲进花园中的一座小棚子里。副牧师蜷缩在那里无声地哭泣，再也不想动了。

可我去莱泽海德的想法非常坚定，不能停顿。黄昏时分，我又冒险出发了。我穿过一片矮树丛，沿着一座大房子旁边的小径上了通往基尤的路。我本已将副牧师留在小棚子里，可他又匆匆忙忙地跟了上来。

这次我办了一件最傻的事，因为很明显火星人就在附近。副牧师刚追上我，我们就看到在基尤旅馆方向的草地对面有一个火星作战机器，也许是我们见到过的那个，也许是另外一个。他的前面有四五个小黑点在灰绿色的田地里奔跑。不一会儿，我们就看出来了，那个火星人正在追那些人。只三两步，火星人便追到他们中间去了，那几个人从火星人的脚边往四面八方跑去。火星人没用热线将他们烧死，而只是一个一个地把他们从地上拎起来，动作利落地把他们扔到凸出在背后的大金属箱子里。那只箱子就像工人背在肩上的篮子。

这使我第一次意识到，火星人并不想彻底毁灭被打败的人类，人类对他们另有用处。我们愣着站了一会儿，随后返身逃进身后的大门，进了一座砌了围墙的花园，趴在一条沟里，不是故意钻进去的，而是不小心掉进去了。我们几乎连悄声说话也不敢，一直等到星辰满天。

快到十一点钟的时候，我们才鼓足勇气重新出发。我们不敢在大路上走，而是沿着树篱，穿过庄园，警惕地观察着黑暗中有没有火星人。副牧师负责右面，我负责左面，我们觉得火星人无处不在。有一次，我们不小心走进一片烧得焦黑的土地，到处是灰烬，余温犹存。那里有块炮兵阵地，到处是炸碎的大炮和炮车；大约五十码开外，有几具烧焦的尸体，脑袋和上身烧得惨不忍睹，但脚和靴子却几乎完好无损；另外还有几具马的尸体。

希因好像幸免于灾难，但镇上静悄悄、空荡荡的。我们在这里没碰到尸体，不过天太黑了，看不到旁边街上有什么东西。走到希因，我的伙伴突然说他虚脱、口渴，我们决定进一所房子里去碰碰运气。

我们找到一座稍显偏僻的别墅，没太费劲就打开了窗户，进到屋内。我只找到了一点儿发霉的奶酪，不过这里有水喝。我取走了一把小斧头，也许进第二家的时候用得着。

我们走到通往莫特莱克的路上，路边有座带围墙的花园，还有白色的房子。我们在这家的食品间里找到了一大堆食物。平底锅里有两块面包、一块生牛排和半条火腿。我之所以能很准确地列出这些东西的清单，是因为我们不得不靠这些食物度过随后的两个星期。在一个架子底下有不少瓶装啤酒，还有两袋扁豆和几颗莴苣。食品间外边是洗碗间，那里有干柴，还有个食物柜。我们在里面找到了十来瓶葡萄酒、罐装汤、鲑鱼和两盒饼干。

我们坐在漆黑一团的厨房里——不敢点灯——吃着面包和火腿，喝着啤酒。副牧师依然害怕，但奇怪的是他想赶快走。而我则劝他再吃点东西，好有力气走路。正在这时，发生了一件突如其来的事，把我们困在了房中。

“还不到半夜呢。”我话音未落，突然射进来一道明亮的绿光，厨房中的东西猛地跃出黑暗，明暗对比强烈地映入眼帘。接着便是一声巨响，那响声我前所未闻，后来再也没听到过。几乎与此同时，我身后一声闷响，玻璃哗啦啦地破碎，瓦砾砰砰啪啪地落在我们周围，天花板上的石灰砸在我们的脑袋上，摔成碎片。我被砸倒了，身子往前一冲，撞在烤箱的把手上，晕了过去。副牧师后来告诉我，我很长时间没有知觉。我苏醒过来的时候，一切又回到了黑暗当中，他正在往我脸上洒水。他的脸上湿乎乎的，后来我才知道那是血，他的前额受伤了。

我一时想不起来发生了什么事，后来才一点一点地回忆起来。太阳穴上砸出的一块青伤开始疼痛起来。

“感觉好点了吗？”副牧师悄声问道。

我终于能说话了。我坐了起来。

“别动，”他说，“地板上到处都是从碗柜里摔出来的陶器碎片，一动就会出声，我觉得他们就在外面。”

我俩坐在那里，可以隐约听到对方的呼吸。一切都死一般的寂静。不过，有一次不知是块石灰还是砖头塌了下来，一阵轰响。房外不远处不时传来金属的撞击声。

“听！”副牧师说。没过一会儿，又有了响声。

“我听到了，”我说，“可那是什么声音？”

“是火星人！”副牧师说。

我又屏息细听。

“不像热线。”我说。那会儿我想，可能是一个硕大的作战机器被这座房子绊了一跤。我曾见到他们中的一个被舍波尔顿教堂的塔楼绊倒过。

我们的处境很奇怪，摸不清有什么情况，所以直到黎明到来之前的三四个小时里，我们几乎一动没动。这时，外面的光亮射进来了，不是透过窗户，窗户那边仍然漆黑一团，而是透过房梁和残垣碎砖的缺口从我们的身后照进来的。我们第一次模模糊糊地看清了厨房里的东西。

窗户的玻璃是被花园里的一团泥巴击碎的，泥巴从我们坐着吃东西的桌子上流下来，摊在我们的脚边。屋外，泥巴高高地堆在墙上。窗框上沿处有一截拔出来的下水道管子。地板上到处是打碎的器皿。厨房通往房子的一头被击穿了。既然亮光是从那里照进来的，那就很明显，房子的主要部分都已坍塌了。与废墟形成对照，那只碗柜尽管被弄脏了，却很整齐，淡绿颜色，碗柜底下有几只铜的、锡的盘盏。墙纸是蓝白相间的瓷砖图案，还有几处彩色装饰呼呼啦啦地在厨房的上方飘荡。

天越发亮了，透过墙上的窟窿可以看到一个火星人的高大躯体。我想他是在为那只仍然烧得发亮的铁罐子放哨。看到这情景，我们小心翼翼地离开了光线微弱的厨房，躲进洗碗间的暗影里。

蓦地，我心头一亮，明白是怎么回事了。

“是第五只铁罐子，”我轻声说道，“是从火星上发射来的第五只铁罐子，砸在这座房子上，把我们埋在废墟里了！”

副牧师一时间不出声了。稍后他低声说道：

“愿上帝怜悯！”

我听到他喃喃自语。

除此之外没有别的声音。我们静悄悄地躺在洗碗间里；我大气不敢喘，眼睛紧盯着厨房门口映进来的微光。我恰好能看到副牧师的脸——模模糊糊的一个椭圆，还有他的衣服领子和袖口。外面开始响起叮叮的铁锤声，接着便是一声狂暴的吼叫。又过了一会儿，传来好像是机器的嘶嘶声。这些莫名其妙的声音断断续续，并且随着时间的推移，次数似乎越来越多。不一会儿，轰鸣声和震动使我们周围的东西都抖动起来，食品间里的器皿也都在震动中挪了位置。有一会儿光被挡住了，厨房门口漆黑一团，恐怖可怕。我们在那里蜷缩了很长时间，大气也不敢出，浑身瑟瑟发抖，后来我们支持不住了，睡着了……

我醒来时感到饥饿难挨。我估计已经过了大半天了。饥饿来得顽固，我只好采取行动。我对副牧师说了声我得去弄点吃的，便摸摸索索地往食品间走。他没作声，可是在我吃东西发出窸窸窣窣的声音之后，我听到他也向我这边爬过来了。

第二章
从房子废墟里看到的情景

吃完东西，我们悄悄地回到了洗碗间。我大概又睡着了，因为过了一会儿我往周围看的时候，发现只剩下我一个人了。外面的闷响和震颤依旧，持续不断，令人厌烦。我轻声呼唤了几声副牧师，后来便摸索着走到厨房门口。天还没黑，我发现他在房间对面，躺在地上，凑近那个三角窟窿，正在观看火星人的举动。他的肩高耸着，看不见他的脑袋。

我听到好像是机房里传来的各种各样的声音，随着一声声闷响，整个地面都在颤抖。穿过墙上的窟窿，我看到一棵树的树梢渲染着金色和柔和的蓝色夕照。我站在那里盯着副牧师望了约一分钟，才缩着肩膀，极度小心地穿过满是碎陶片的地板，走上前去。

我碰了一下副牧师的腿，他猛然一震，外面一大块石灰都被他震得滑落了，轰然一声。我抓住他的胳膊，担心他会喊起来。

我们蜷缩在那里，一动也不敢动。过了好大一会儿，我才转脸去看我们的围墙还剩多少。那片石灰掉下来以后，残缺不全的墙上出现了一个垂直裂缝。我直起身来，小心翼翼地迈过一根梁，透过那道裂缝可以看到外面的情形。一天前这里还是安静的郊区街道，而现在几乎面目全非了。

第五只铁罐子恰好落在我们去过的第一座房子上。整座房子消失了，被撞得粉碎，散落一地。铁罐子深陷在原来的地基以下，形成的大坑比我在沃金镇见到的那个坑大出许多。坑边的泥土在强大的冲击力下四处溅开——只能用“溅”这个词来描述，形成的土堆遮住了附近的房屋。那情形就像被锤头猛击的一摊泥巴。我们所在的房子向后仰倒；前部的底楼也已被彻底摧毁；厨房和洗碗间得以幸免，埋在泥土和废墟之中；成吨的泥土围住了除了朝向铁罐子一面的三面墙壁。从这一情形来看，我们就在火星人忙着挖掘的大坑边上。敲击地面的闷响显然来自我们的后方，闪亮的绿烟像纱一样，不断地从我们的窥视孔前飘过。

坑中央的铁罐子已经打开了。在坑对面，被撞得七零八落、蒙着沙砾的灌木丛中，一个巨大的火星作战机器僵直地高耸入云，火星人已从那里面爬出来了。起初，我几乎没注意到大坑和铁罐子，先对铁罐子进行描述只是为了叙述方便。我先注意到的是忙着挖掘的闪闪发光的机械装置和缓慢痛苦地爬过耸起的松土丘的怪物。

我先注意到的当然是那个机械装置，这是一种后来被称作“做工机器”的结构复杂的机械装置，对这种机械装置的研究大大推动了地球上的发明。我起初觉得它像只金属蜘蛛，五条腿上有关节，非常灵活，周身到处是撬杠、铁棍和用来抓取东西的触须。他的大部分肢体都较短，但有三支长触须，用来抽取缠在身上的铁杆儿、盘子和铁棍儿等，这些器具显然增加了机壳的厚度。这个机械装置抽出一些器具，将它们摆在身后的平地上。

它的复杂动作快捷、娴熟，我起初并不认为那是台机器，尽管它闪着金属的光泽。火星作战机器动作的协调自如程度已经登峰造极，但也无法与这种机械装置媲美。没见过它的人、只见过画家歪曲想象作品的人，或者只听过像我这样拙嘴笨舌的目击者叙述的人，难以想象那种活泛劲儿。

我还记得一份传单上的插图，那是用来连载描写这场战争文章的系列传单的前几份。画家显然匆忙地研究过火星作战机器，可他对机器的了解太浮浅，他画的机器是斜着身子的三足怪，很僵硬，既不灵活也不神奇，给人一种单调的感觉，这是一种误导。带有这样插图的传单曾经风行一时，我在这里提一下，目的是提醒读者不要产生错误印象，那些插图全然不像火星人，如同荷兰的布娃娃与真人不同一样。我觉得，如果没有那些插图，传单倒不会那么糟。

我前面说了，起初我并没想到做工机器是机器，我觉得那是披着金属外衣、样子像螃蟹的生物。火星人用纤巧的触须操纵着机器，看上去宛如那螃蟹的大脑部分。后来我发现那部分皮革似闪亮的灰褐色表皮与不远处爬动的怪物一样，才意识到在那里灵巧做工的是个机器。意识到了这一点，我的注意力转向那些怪物，真正的火星人。我先前瞥见过火星人，乍见火星人时的恶心已不复存在，不会干扰我对火星人进行观察了。而且我这会儿是躲在暗处，一动不动，没有必要随时准备逃开。

我现在看清了，地球人难以想象火星人的怪异之处。他们有又圆又大的躯体，或者说是脑袋，直径大约有四英尺，躯体前面是张脸。这张脸上没有鼻孔——千真万确，火星人似乎没有嗅觉，但却有一双又大又暗的眼睛，眼底下是肉滚滚的喙。在这个脑袋或者躯体——我真不知道怎么来称呼那玩意儿——的后面有块鼓膜，被人自然而然地认作耳朵。当然，在地球浓厚的空气里，火星人的耳朵几乎什么也听不见。在嘴旁边有一簇触须——总共十六支，一边八支，十分柔软，好像鞭子一样。著名的解剖学家豪斯教授将这些触须恰如其分地称为“手”。我第一次看到火星人的时候就发现他们试图用这些触须支撑着站立起来，当然，那是不可能的，因为地球上的重力大。但我们有理由相信火星人在火星上是靠这些触须灵活行走的。

我在这里也说一下火星人的内部构造。解剖显示，火星人的内部构造也很简单，脑子占了很大部分，从脑子里伸出粗壮的神经网，通向眼睛、耳朵和触须。除此而外，还有通连着嘴巴的大片肺叶、心脏和血管。地球上大气层厚，重力大，给火星人的肺带来了沉重的负担，这一点可以从火星人表皮的剧烈运动中看得一清二楚。

这就是火星人的全部器官。使人类感到奇怪的是，火星人没有复杂的消化系统，而消化系统占人类结构的一大部分。火星人就是个脑袋，只有脑袋。他们没有内脏。他们不吃东西，更不用说消化了。但他们汲取其他活生物的新鲜血液，直接“注射”进自己的血管里。我目睹过这样的一幕，到时候我会说起的。不过，我看到讨厌的情景容易呕吐，难以描述我连看也看不下去的情形。我只能这么说，火星人往往从活的生物身上，多数是从活人身上，汲取血液，再用一只小管直接输入到自己的血管里去……

毫无疑问，想象一下这幅情景就令人作呕。但是与此同时，我觉得我们应当回想一下人类是怎样残忍地对待有灵性的兔子的，不是也同样令人作呕吗？

假如我们回想一下人类吃饭和消化的过程要浪费多少时间和精力，就不能否认注射营养在生理上的优势。我们身体的一半是由各种各样的腺、肠管和器官构成的，它们把形状不同的食物转变成血液。消化的过程以及消化过程对神经系统的反作用使我们耗空体力，也影响了我们的思维。人类是幸福还是痛苦取决于有没有健康的肝脏或胃腺，而火星人却超脱了因官能变化而带来的情绪和感情起伏。

火星人为什么乐于将人类作为其营养源泉，通过研究他们从火星上带来的营养源可以获得一定的答案。通过对掌握的骷髅进行研究，人们发现这些作为火星人营养源的生物是双足动物。它们的骨骼含硅，脆弱易折（很像含硅海绵物），肌肉纤弱，立起来有六英尺高，脑袋圆而直立，眼睛大大的，嵌在坚硬的眼窝里。每只铁罐子里似乎带了两三只这样的生物，在到达地球之前，已全部被杀死了。这对那些食用生物来说并不是一件坏事，因为如果它们活着到了地球，只要想立起身来，骨头便会被尽数折断。

既然描述火星人，我不妨再讲些细节。尽管人们当时并不了解这些细节，但这有助于没见过火星人的读者清楚地想象出火星人到底是些什么样的害人动物。

从生理方面看，火星人与人类的奇妙差异还体现在另外三个方面。第一，火星人的有机组织像我们的心脏一样，不会睡觉。火星人没有太多需要补充能量的肌肉组织，所以他们从来不知道还需要定期睡眠。火星人好像很少有或者根本没有疲劳感。在地球上，他们的一行一动都颇费力气，然而直到最后一刻，他们一直都在运动着。一天二十四小时，他们忙碌二十四小时，就像地球上的蚂蚁。

第二，在有性别的人类看来十分奇怪，火星人全无性别之分，因此也没有人类那种因性别差异而引起的感情跌宕波折。千真万确，在战争期间，有一个小火星人在地球上出生了，人们见他伏在母亲身上，有点像长出来的一朵花，像朵百合花，或者说像淡水中的小水螅。

不管是对于人类，还是对于地球上稍高级的动物，这种繁殖的方法早已废弃。即使是在地球上，这也显然是一种低级的繁殖方法。在低级动物中，直溯到脊椎动物的前身——被膜动物，两种繁殖方法曾一度并用，可最终性繁殖占了上风。而在火星上，进化的情形恰恰相反。

值得一提的是，曾有一位很会动脑筋的作家，颇有些科学家的小名声，在火星人还远没有入侵的时候就撰文描绘过火星人的结构，他的描述与实际情况很相像。我记得，他的预言刊在 1893 年 11 月或 12 月号的《铁圈球集锦》上，这份出版物早已停刊了。我还记得在火星人入侵前出版的一份叫作《抨击》的期刊上曾有一幅根据他的描写绘制的火星人漫画。他指出——以荒诞不经的笔调写道：随着机械日臻完美，四肢将会被机械取代；随着化学方法的完善，消化功能便会被废弃；人的器官，如头发、鼻子、牙齿、耳朵、下颌将不再是人体不可或缺的部分，随着岁月流逝，它们会在自然选择的过程中逐渐退化。只有大脑仍是最重要的器官。身体上还有一部分也很可能幸免，这便是手，手是“大脑的老师和仆从”。身体的其他部分会变小，而手会变大。

玩笑话里往往有真理。从火星人身上，我们看到了生物的智力部分发达、动作部分退化的不容置疑的例证。我认为，说火星人是从像我们人类这样的生物进化来的是可信的，随着大脑和手的发达（手最终变成了那两簇灵巧的触须），身体的其他器官缩小了。没有了身体，大脑就会成为自私的智慧器官，没有了人类所拥有的感情基础。

第三，这些生物与我们不同的最后一个突出方面在于对微生物的反应。也许我们会认为这太微不足道。微生物给地球人带来许多疾病和苦痛，而在火星上，微生物或者根本就没出现过，或者出现过却早已被火星人的卫生科学涤荡殆尽。上百种疾病，所有人类生活中的发烧和传染病，像肺结核、癌症、肿瘤，诸如此类的疾患与火星人的生命无缘。说到火星生命与地球生命之间的差别，我得提一下红草的奇怪启示。

显然，火星上的植物颜色主要不是绿色，而是血红色。不管怎么说，火星人带来的（可能是特意带的，也可能是不小心带来的）种子长出来的都是红色植物。只有后来被称作红草的植物在与地球植物的竞争中站稳了脚跟。这种红色藤蔓植物生长期很短，几乎没人见到它是怎样长大的。有一段时间，红草生长旺盛得惊人。我们被围困的三四天时间里，红草便长满了坑沿，三角形的窟窿边缘都是仙人掌似的枝藤，红红的。后来我发现红草长得满山遍野，特别是溪边河畔。

火星人好像有听觉器官，脑袋后面有一片圆形的鼓膜。火星人的视力与人类不相上下，但据菲力普说，蓝色和紫色在火星人看来都是黑色。一般人都认为，火星人是通过声音和触须做的手势来相互交流的。这个观点在我前面提到过的一篇传单里阐述过，传单作者很有头脑，但显然没有亲眼见过火星人的活动，而且文章写得仓促。尽管如此，这篇文章已经成为人们了解火星人的主要材料。在活下来的人当中，我是目睹火星人活动最多的人。这只是神差鬼使，没什么值得自豪的，但事实总归是事实。我得说，我一次又一次地仔细观察火星人，我看到四五个（有一次看到六个）火星人合作进行非常复杂的工作，既没声音也没手势。在输血前，火星人总是要嚣叫一番，那声音没有抑扬顿挫。我想那绝不是什么信号，只是在排气，为输血做准备。可以说，我懂得一些心理学的基础知识，在这件事上，我像对其他事一样自信：火星人之间的思想交流不借助于任何客观媒介。我对此深信不疑，尽管我在这个问题上曾有过强烈的先入之见。也许还会有读者记得，在火星人入侵之前，我曾写过一些文章，不失激烈地驳斥过遥感理论。

火星人不穿衣服。他们的装饰观和礼节观肯定与我们大相径庭。显然，他们不仅对气温变化不像我们那么敏感，而且气压的变化对他们的身体也没产生严重的影响。尽管火星人一丝不挂，但是他们穿戴所制造的机械，这些机械延伸了他们的体能，这正是火星人优于人类的地方。人类有自行车、旱冰鞋、利连索尔滑翔器、枪炮、棍棒等，但这些对火星人来说，都属于进化的初级阶段。他们已经进化得只剩下大脑了，根据不同的需要，穿上不同的躯体，就像人穿不同衣服、有急事骑自行车、雨天打伞一样。就他们的器具而言，最令人类不解的咄咄怪事便是没有轮子。轮子几乎是所有人类器具中最重要的组成部分。从火星人带来的所有器具当中看不出他们有使用轮子的迹象。人们也许会感到，在移动的装置里起码应当有轮子吧。说到这里，不免提一句，即使在地球上，大自然也并未有轮状的造化，或者鼓励其他生物发展轮状器具。火星人或者从未发现（这是不可能的）轮子的功用，或者根本不想使用轮子。不仅如此，在他们的器具里几乎没有固定枢轴或相对固定的枢轴，也就没有绕轴固定在一个平面上旋转的零件。几乎所有火星人机器的关节都是平滑的机件，沿着曲线优美的轴承滑动。关于这一细节值得提一下，火星人机器的驱动杆是用一种假肌肉组织驱动的。这种假肌肉组织是装在弹性皮套里的一些圆片，电流通过的时候，这些圆片便会被极化，然后紧紧地连在一起，这样就形成了令人惊愕不解的类似动物的动作。在那螃蟹状的做工机器中就有不少这种假肌肉组织，我刚从窟窿里往外看时，见它正在从铁罐子里取东西。这个机器看上去比躺在不远处夕阳下的火星人灵活多了。那些火星人刚完成穿越宇宙的飞行，呼哧呼哧地喘个不止，漫无目的地晃动一下触须，虚弱地爬动几下。

我正在看着火星人在阳光底下缓慢蠕动，观察他们身上奇怪的地方，这时副牧师猛地拉了我胳膊一把，我才记起他的存在。我回过头，见到一张不高兴的脸，嘴唇嚅动，在无声地嘟哝着什么。原来他想往外看看，这个窟窿的大小只能容得下一个人外往看。我只好让他享受一下这个特权。

再次轮到我看的时候，那个忙碌的做工机器已经用从铁罐子里取出的零件，组装了几件机器，机器的形象跟它自己一模一样。这会儿可以看到左边有一台小挖掘机械在忙碌，喷吐着绿烟，沿着坑底挖掘不止，工作得很有章法，有条不紊。咚咚的挖地声就是这台小机器发出的，震得我们这座摇摇欲坠的避难所战栗不已。它工作的时候，喷着烟，鸣着笛。我看不出那机器里有火星人操纵。

第三章
被围困的日子

这时，又从别的地方过来了一个作战机器，我们赶紧躲回了洗碗间。我们担心它居高临下，会看到我们躲在墙后。后来，我们觉得被看到的危险小了一些，因为从阳光耀眼的外面往我们的避难所里面看，只能看到漆黑一团。但是稍有风吹草动，我们便心惊肉跳地躲进洗碗间。尽管我们面临着巨大的危险，却难以抗拒窥视火星人的诱惑。现在回想起来，不免感到奇怪：我们当时面临双重威胁：饥饿或者更可怕的死亡，却能因抢夺窥视权而激烈拼争。我俩争先恐后地跑过厨房，举止荒唐而怪诞：一面心急如焚，推来搡去，又打又踢，差点儿暴露目标；一面却又担心弄出响声。

事实上，我们性情不合，习惯不同，所面临的危险和孤立无援的境地使这种不合显得愈发突出。在哈里福特的时候，对副牧师绝望的大呼小叫和食古不化的愚蠢，我已经开始深恶痛绝。他不停地喃喃低语，打乱了我考虑逃跑行动的思路。他的行为越来越让人难以忍受，有好几次几乎使我发疯。他像个蠢妇人一样缺乏自制力，有时能连续哭上几个小时。我判断，他就像一个被宠坏了的孩子，直到生命的最后一刻仍觉得他那软弱的眼泪会发挥奇效。我坐在黑暗里，心里老赶不走他的影子，因为他总有办法让你惦念着。他吃得比我多，我试图让他明白，我们活下来的唯一希望就是在这座房子里等到火星人离开他们的洞穴。等待将是长期的，可能要不了多久，我们就会没得吃。他把我的话全当作耳旁风，一直任性地大吃大喝，很少睡觉。

日子一天天地过去，他的无所顾忌增加了我们的痛苦和危险。我虽不愿意那样做，却不得不威吓他，到最后不得不打他，这样才能使他的理智恢复一段时间。但他是那种弱者，没有自尊，胆小如鼠，缺乏血性，充满仇恨，有时会玩点小聪明，既不忠实于上帝，也不忠实于人类，甚至都不忠实于自己。

我不愿回忆和写这些事情，可我还是写了下来。这样一来，我的叙述便完整无缺了。没有经历过生活的黑暗和恐怖的人，很容易谴责我在悲剧最后一幕的狂怒和粗暴，因为他们仅仅具备普通人的是非观；但是那些在死亡的阴影里生活过、那些被环境所迫只剩下本能要求的人，可能会原谅我的做法。

在房子里，我们在黑暗中悄声争吵，争夺食品，相互撕扯，拳脚相加。屋外，在 6 月酷热无情的太阳底下，火星人在坑里忙着令人费解的事情。现在回过头来讲述我所见到的新情况。过了好长一段时间，我又冒险回到墙窟窿那里，发现除了新来到地球的火星人之外，又来了至少三个驾驶作战机器的火星人。他们带来了一些新的器具，整齐地摆在铁罐子周围。第二台做工机器已经组装完毕，正在忙着侍弄作战机器带来的一个新装置。这个新装置的外形看起来像只牛奶罐，在罐子的上方有个梨子形状的漏斗摇来摆去，一缕白色粉末从漏斗流入下面的圆盆。

做工机器的一支触须摇晃着漏斗。两只铁片似的手挖起一团团泥土，扔进梨状漏斗；另一只手臂每隔一会儿便打开装置中部的小门，从里面拿出铁锈色的渣块。另一支钢触须将粉末导出，沿着有肋槽的通道流向一个我看不见的去处，堆积的蓝色渣尘挡住了我的视线。从那个去处冒出一缕绿烟，垂直地飘向无风的空中。正看着，做工机器发出一声微弱的音乐般的响声，一支原本微凸的触须突然像单筒望远镜一样拉长了，它的一头隐入土丘的后面。眨眼间，它举起一根银白色的铝棒，崭新的，闪着耀眼的光，随后这根铝棒被摆放到坑边越堆越高的铝棒堆上。从夕阳西下到晚星璀璨，这台动作敏捷的机器用泥土制作了上百根这样的铝棒。蓝色的渣尘越堆越高，堆满坑边。

这些装置动作敏捷，与它们那些慵懒笨拙、气喘咻咻的主人之间形成了强烈的反差。以至在随后的日子里，我不得不反复说服自己：后者才是有生命的活物。

第一批人被带进坑里的时候，副牧师占着窟窿。我坐在下方，凝神静听。他突然向后退了一步，我以为火星人在向我们这边看，一阵惊恐，忙蜷缩起身体。他从废墟上滑下来，摸黑爬到我身边，比画着，一句话也说不出来，我跟着他惊慌了半晌。他的手势有不想再看的含义。过了一会儿，好奇使我勇气倍增，我站起身来，从他身上迈过，爬到了窟窿处。起初我看不到有什么值得他那般惊恐的事情。暮色已经降临，星光小而微弱，但坑里却很明亮，制铝棒的绿火在闪烁。整个场面是忽隐忽现的绿光和移动着的黑影的组合，眼睛看得很吃力。坑内坑外到处飞着蝙蝠，它们并不介意坑里的响动。爬来爬去的火星人已经看不见了，蓝色的渣尘堆积很高，把他们遮住了。一台作战机器立在坑对面的角落里，腿缩作一团，皱皱巴巴的，显得小了些。这时，机器的轰响里似乎夹杂着人声，起初我还不以为然。

我蜷缩在那里，仔细观察那台作战机器，第一次弄明白那面罩里确实有个火星人。绿火燃烧的时候，我看得清火星人表皮闪闪的油光和那双雪亮的眼睛。突然我听到有人叫了一声，只见一支触须伸向背后的小笼子。随后一个什么东西拼命挣扎着，被高高地举在空中。衬托着星光，我看到的是一团模糊的黑影，那团黑影被放下来的时候，借着绿色火光，我看出来了是个人。一瞬间，他显得十分清晰，是个穿戴整齐、健康强壮的中年人。三天前，他一定还是个颇有身份的人，到处走来走去。我看得见他惊恐的眼睛、闪闪发光的装饰扣和表链。他消失在土丘后面，静默了一会儿便传来了惨叫声和火星人低沉欢快的吼叫声。

我从废墟上滑下来，挣扎着站起身来，用手捂着耳朵，快步跑回洗碗间。静静地蜷缩在一边的副牧师双臂抱着头，见我跑开将他一个人留在厨房，不大不小地惊叫了一声，跟在我身后跑了过来。

那天夜里，我们藏在洗碗间里，心悬在对所见情形的恐怖和好奇之中。我觉得很有采取行动的必要，但却想不出任何逃跑的方案。可是第二天，我头脑清醒了许多，更加认清了我们的处境。我发现副牧师已无可相谋，他刚看到了那幅登峰造极的惨象，这使他的理性和预见性荡然无存。实际上，他已沦落至动物的水平。我像谚语中说的那样，尽力把握住自我。我曾经意识到，我们应当面对现实，尽管我们处境险恶，但没有完全绝望的理由。而我们主要的希望在于火星人只把这个坑当作临时营地。或者即使是个永久性营地，火星人也不会认为有为它站岗放哨的必要。那样的话，也许会有逃跑的机会。我也仔细琢磨过在背离火星人的方向挖个洞逃出去，可是这样做太容易被站岗的作战机器发现了，而且挖掘的工作只能由我一人承担，副牧师肯定指望不上。

如果我没记错的话，我是在第三天看到那人被杀死的，那是我唯一一次目睹火星人进食。见到那情景之后，我好半天没去窟窿那儿。我走进洗碗间，把门卸下来，用我的小斧头挖了几个小时，尽量不出声响。可我刚挖两英尺深，松土便呼隆隆地塌了下来，便不敢再挖了。我灰心丧气，在洗碗间的地板上躺了半天，一动也不想动。此后，我放弃了挖洞逃走的想法。

火星人给我留下的印象是他们很强壮，起初我对人类打败火星人从而解救自己几乎不抱希望。但是第四天或第五天夜里，我好像听到了大炮的声音。

夜已深，月光明亮。火星人把挖掘机器弄走了，只有一个作战机器站在对面坑沿上，一个做工机器在靠近我们一边的坑底角落里，我们看不见它。坑里显得空空荡荡。除了做工机器发出的幽光和月亮映照的一块块亮处，坑里黑漆漆的；除了做工机器发出的叮当声，万籁俱寂。夜色很美，静悄悄的，月亮似乎拥有整个天空。我听到狗在叫，那个熟悉的声音引我凝神细听。我清楚地听到轰鸣声，很像大炮的声音。我数着，共响了六声，过了好长一段时间，又是六响，此后便再也没动静了。

第四章
副牧师之死

在被围困的第六天，我最后一次从窟窿向外窥视。过了一会儿，我发现只剩下我一个人了。副牧师通常总是紧跟着我，跟我争抢这个窟窿，而这次却不然，他独自回洗碗间去了。我蓦地明白了，抽身急忙轻手轻脚地回到洗碗间。我听到副牧师在黑暗中喝东西的声音，便往黑暗里一抓，手指碰到了葡萄酒瓶子。

我们扭打了几分钟。酒瓶掉到地上，打碎了。我松开手，站了起来。我们气喘吁吁地站在那里，相互威胁着。后来我站在副牧师和食物中间，对他说我决心制订些纪律。我把食品间里的食物分成十天的份额。当天我不许他再吃东西。下午他曾做出微弱的努力，想吃东西。当时我在打盹，可转瞬便醒了。整整一天一夜，我们面对面地坐着，我很疲倦，但却很坚定。他哭哭啼啼，直喊饿。那不过是一天一夜，可我当时感觉——现在也是如此——那简直是一段无限漫长的时光。

就这样，我们之间的裂痕扩大了，开始公开对抗。两天里，我们低声争吵，相互扭打。有时，我对他狠命地拳打脚踢；有时，我对他甜言蜜语，好言相劝。有一次，我想用最后一瓶葡萄酒贿赂他，因为屋内有眼压水井，我们可以从那里汲水喝。可是威胁利诱全未奏效，他真是不可理喻。他既不放弃抢食品的努力，也不停止嘟嘟哝哝的自言自语。他拒不遵守能使我们持久坚持的基本措施。渐渐地，我意识到他的理智已全面崩溃，我意识到在这令人窒息、令人作呕的黑暗里的唯一伙伴是个疯子。

在模糊的记忆里，我觉得我也曾有几次神志模糊。我睡觉时总会做噩梦。也许听上去有点自相矛盾，可我却认为，恰是副牧师的懦弱和疯狂给我敲响警钟，支撑着我，使我保持清醒的头脑。

第八天，他不再悄声说话，开始大声嚷嚷了。“这是公正的，哦，上帝！”他反反复复地说，“这是公正的，让惩罚降落到我和人类身上吧。我们有罪，我们辜负了上帝的期望。还有贫穷和苦难，穷人惨遭涂炭。我心情平静，我承认我犯有不可宽恕的过失——上帝，那是什么样的过失啊！——我本该挺身而出，尽管会因此而死；我会号召他们忏悔——忏悔！……穷苦人的压榨者！……上帝的榨酒机！”

然后，他会突然把话题转向我不让他吃东西，先是哀求，啼哭，最后是威胁。他开始大声嚷嚷，我求他别那样。他发现了要挟我的把柄——威胁说要大声嚷嚷，把火星人引来。我一时被他镇住了，然而让步就会大大减少活下去的希望。我不理睬他，尽管我拿不准他会不会真的大嚷起来。那一天，不管怎么说，他没嚷嚷。在第八天和第九天的大部分时间里，他的声音越来越大——威胁，央求，中间穿插着半疯半傻的忏悔，说他没有很好地效忠上帝，直说得口吐白沫，这让我不禁怜悯起他来。过后他会睡一小会儿，醒来后劲头儿更足，说话声音更大，我不得不制止他。

“安静点儿！”我央求道。

他跪起身来，先前他是坐在铜罐旁的暗影里。

“我安静得太久了。”他说道，声音很大，足以传到坑里，“我现在必须做证。让苦难降临到这座虚伪的城市！苦难！苦难！苦难！苦难！苦难！在号角中降临到地球上所有人的身上……”

“住嘴！”我说道，惊恐地站起身来，担心火星人听到，“看在上帝的分儿上……”

“不！”副牧师拼命地嚷道，也像我一样站起身来，高举双臂，“说吧，上帝已降旨于我！”

他三步并作两步，已走到通向厨房的门。

“我得去做证！这就去！已经耽搁太久了。”

我伸出手来，摸到了挂在墙上的剁肉刀，闪电般地向他追去。我因恐惧而发狂。他还没走到厨房中央，我就赶上了他。还剩下的最后一点人性，使我把刀翻转过来，用刀柄向他猛击。他一头栽倒，直挺挺地躺在地板上，我被他绊了一下，站在那里喘息。他躺在地上纹丝不动。

突然，我听到外面有动静，石灰滑落和摔碎的声音，墙上窟窿的亮光没有了。我抬头望去，看见做工机器的下半身正从窟窿前慢慢地走过。一支用来抓取东西的触须蜷曲在瓦砾堆里，另一支触须露出来了，在倒下来的横梁中间摸索着探路。我站在那里吓呆了，眼睛睁得大大的。随后我看到，在那机械边缘一块玻璃状的东西后面，是张火星人的脸——如果可以称作脸的话——和又大又暗的眼睛。火星人的眼睛在搜寻。一会儿，一支像长蛇一样的金属触须从窟窿里慢慢试探着伸了进来。

我努力转过身去，走到洗碗间的门口。那触须已伸进房内有两英尺，扭来扭去，动作突兀、古怪。有那么一阵子，我站在那里呆呆地看着触须慢慢地、扭动着伸过来。随后，我低声嘶哑地叫了一声，用力控制着自己，走到洗碗间的深处。我抖得厉害，几乎站立不住。我打开储煤间的门，站在暗影里，眼睛盯着通往厨房的门，那里有一线暗光。我凝神静听着。火星人看到我了吗？他在干什么？

外边有东西在动来动去，非常安静。隔一会儿便传来敲击墙壁的声音，或者发出金属的哗啦声，就像钥匙环上钥匙的响声。接着传来向窟窿处拖重物的声音，我知道那是什么。我按捺不住好奇心，便悄悄地来到门边，往厨房里面窥视。我看到在那个三角形窟窿的外面，坐在做工机器里的火星人正在刺眼的阳光下观察副牧师的脑袋。我想，不一会儿，火星人就会从他的伤口推知我的存在。

我溜回储煤间，关上门，摸着黑，尽量不出声响地把自己埋到煤和柴火堆里。每隔一会儿我就停下来，僵直地静听火星人是不是又把触须从窟窿里伸了进来。

这时，那微弱的金属叮当声又传来了，我听见它在厨房里摸来摸去。不大一会儿，我听到触须离我近了——我判断就在洗碗间。我想也许触须的长度够不到我。我祈求所有的神灵保佑。触须过去了，轻轻地划过储煤间的门。接下来是一段提心吊胆的漫长时间，随后我听见触须在摸索门上的插销！他发现这扇门了！火星人懂得门是怎么一回事！

大约有一分钟的时间，他在研究怎么才能把门打开，随后门开了。

黑暗中，我隐约看到那东西，很像大象的鼻子，摇摇晃晃地向我这边伸过来，摸索探测着墙壁、煤、木柴和天花板。那东西真像只黑色的虫子，晃动着什么也看不见的脑袋。

它一度触到了我的靴子，我差一点叫了起来。我咬着手，保持沉默。触须安静了一会儿，我以为它缩回去了。猛然间，触须“咔嚓”一声抓住了什么东西，我以为是抓住了我！触须退出了地下室。一时间我拿不准发生了什么事。显然那触须拿了一块煤出去查看。

我抓住这个机会，轻轻地挪动一下位置——那地方太狭窄了——然后静静地聆听。我轻声却热切地祷告着，祈求平安。

这时，我又听到那个缓慢却目的明确的爬动声音，划着墙壁，敲着家具，离我越来越近。

我正不知所措，触须灵巧地敲打着地下室的门，并把它关上了。我听到触须进了食品间，饼干桶哗啦哗啦地响，一只瓶子被打碎了，随后在地下室的门上重重地撞了一下。接下来，寂静变成了无底的悬念。

他走了吗？

我终于得出结论：他走了。

触须再也没伸进洗碗间。可是第十天，我在一片黑暗中躺了整整一天，身子埋在煤和木柴里，干渴难耐，也不敢爬出去喝点水。到了第十一天，我才敢从地下室爬出来。

第五章
寂静中

我去食品间之前干的第一件事便是关好厨房和洗碗间的门。可是食品间里空空如也，一点食物也没剩下。显然火星人前一天把食物都拿走了。见此情景，我第一次绝望了。第十一天和第十二天，我什么也没吃，什么也没喝。

起初我的嘴和喉咙焦干，感觉力气渐渐不支。我一点也打不起精神来，呆坐在洗碗间的黑暗里，一心想吃东西。我想我可能是聋了，习以为常的声音、从坑里传来的响动全然停止了。我觉得已没有力气悄悄地爬到窟窿那边向外窥视，否则我会去的。

第十二天，我的喉咙疼痛难忍，便冒着惊动火星人的危险，启用了吱呀作响的压水井。我站在水池边上，弄到了两玻璃杯黑乎乎的雨水。喝过以后，顿觉有了力气，而且压水的声音也没有引来探寻的触须，我胆子壮了些。

在这几天里，我神思恍惚，想了许多关于副牧师的事以及他惨死的情形。

第十三天，我又喝了些水，便睡着了，满脑子不是美味佳肴就是不切实际的逃跑方案，思绪纷乱。每当我睡着，总会出现些可怕的幻觉：或者是副牧师的死相，或者是丰富的晚餐。可是，不管是睡着了还是醒着，我总感到一种痛楚，只有不断地喝水才会稍有平抚。

映进洗碗间里的亮光已不再是灰白，而是变成了红色，在我混乱的想象中成了血的颜色。

第十四天，我来到厨房，吃惊地发现红草的枝叶已遮住了墙上的窟窿，将本来半暗的房间映得一团暗红。

第十五天一早，我听到厨房那边传来一连串既奇怪又熟悉的声音，仔细听时，我听出那是一只狗在嗅、在挠。我走进厨房，看见一只狗鼻子从长满红草的窟窿里探了进来，这使我大吃一惊。闻到我的气味，那狗叫了两声。

我想，如果能悄无声息地把狗引进房里，也许能杀死它吃肉。不管怎么说，最好还是能杀死这只狗，它在外面走来走去会引起火星人的注意。

我向前移动，嘴里轻声叫着："好乖乖！"可狗的头猛然缩回去，不见了。

我屏息静听。我并没有聋，可以确信屋外的坑里一片寂静。我似乎听到鸟翅扑啦啦的声音和一声沙哑的鸟鸣，除此之外再没有别的声音。

我在窟窿前躺了很长时间，却不敢拨开遮住窟窿的红草。有那么一两回，我似乎听到狗在我下方很深的沙地里噼里啪啦地来回走动，我又似乎听到了几次鸟飞行的声音。声音就这么多。安静终于使我鼓起了勇气向外张望。

在坑里的一个角落，一大群乌鸦跳来跳去，争抢着火星人享用完的死人骨架。除此之外，坑里再无活物。

我向四周望去，有点不相信自己的眼睛，所有机器都不见了。在坑内的一角堆积着蓝灰色的粉渣，另一个角落里有几根铝棒，再有就是乌鸦和那具死人的骨架。此外什么也看不见，似乎只是沙地里一个空空荡荡的土坑。

我慢慢地顶开红草，从窟窿里爬出，站在废墟堆上。除了背对的北面，我可以看到三面的情况：既看不到火星人，也看不出有火星人的迹象。我脚下是陡峭的坑壁，但在不远处有一个通往废墟顶部的缓坡。逃走的机会终于来了，我激动得发抖。

我犹豫了片刻，突然决定豁出去了，心狂跳不已，爬上了围困我多日的废墟之巅。

我再一次四下张望，北面也没有火星人的踪影。

我上次在白天里看到希因镇的时候，这里是一条大街，街两侧是掩映在绿树之中红白相间的房屋。这会儿我却站在瓦砾泥土堆上，上面长满了没膝深的红色仙人掌状植物。地球上原有的草一棵也不见了。我身边的树木已经枯萎，往远处一点，仍然活着的树的枝杈上缠满了红色藤蔓。

附近的房子全都坍塌了，却没有一座是被烧毁的。墙壁仍立着，有的房子的墙壁直到三楼都完好无损。门窗都被震碎、打烂了，没了屋顶的房间里也长满了红草。我脚下便是大坑，乌鸦在里面争食。另有几种鸟在废墟堆里跳来跳去。我看到远处的墙上有只猫在鬼鬼祟祟地潜行，却看不到人的踪影。

我被围困得太久了。今天的天显得格外明亮，明净瓦蓝。微风吹来，遍地红草随风摇摆。啊！多么甜美的空气！

第六章
十五天的变化

我在废墟丘上摇摇欲坠地站了好长时间，全然不顾自己的安全。在刚刚离开的臭烘烘的藏身所里，我满脑子都是个人的安全，并没去想外边的世界怎么样了，也没有预见到这种惊心动魄的陌生场景。我曾想象希因镇一定成了一片废墟，可我周围却是一片离奇可怕的外星球景象。

那会儿我产生了一种常人不会有的感觉，而这种感觉对我们所统治的低级动物却并不陌生。我觉得自己像一只小兔子，好不容易回到了自己的洞穴，却突然发现自己的洞穴已被十几台挖土机连根掘了。我隐隐感到有一种意识油然而生，几天来这种意识一直使我感到很压抑。这是一种被推翻了的感觉，感觉自己不再是主人，而是火星人铁蹄下普通动物中的一员。我们跟普通动物一样，悄悄地行走，警惕地睃视、逃窜、躲藏；人的威严和权力已不复存在。

这种陌生的感觉一闪而过。我长时间心情沉重，没吃东西，解决饥饿成了我的主要动力。在远离土坑的方向，我看到一堵红墙里面有一块没有被废墟埋起来的菜地。我隐约看到了希望，便走进没膝深、有时是齐脖子深的红草丛。红草长得很密，使我有了藏身其中的安全感。墙有六英尺高，我试着往上爬，脚却搭不上墙顶。我只好绕墙而行，来到一个墙角，那里有块石雕。我爬上墙顶，跌进了令我垂涎的菜园。我找到了几棵小洋葱、两只白菖蒲果和一些还没成熟的胡萝卜。我把这些东西包好，连滚带爬地从倒塌的墙缺口出来，穿过深红色的红草丛向基尤走去，感觉好像走在大滴大滴血形成的“血阴路”上。我脑子里只有两个想法:一是再搞点吃的；二是尽管一瘸一拐，只要力量允许，就要尽快离开这块面目全非的鬼地方，离火星人的坑越远越好。

走出一段路来，到了一块草地，见到一簇蘑菇，我便吞咽着吃了。接着我来到了一汪漫过草坪的浑水前，杂七杂八地吃了点东西，饥饿感更加强烈了。起初我对炎热干旱的夏季里会有洪水颇感惊讶，后来我发现这是热带红草的快速生长在作祟。这种植物遇到水会立刻膨胀，肥硕无比。它的种子洒入威伊河和泰晤士河的水中，红草在水里快速生长，肥硕的水中植物阻滞了两河的水流。

我随后发现，普特尼附近的桥几乎被红草遮住了。里士满附近的情况也一样，泰晤士河水漫上来，在辽阔的汉普顿和特维克纳姆草地上流淌。水流到哪里，红草就生长到哪里。泰晤士河谷里房屋的废墟变成了一眼望不到边的红色泽国，火星人造成的凄凉景象被掩盖了。

后来红草都死光了，像蔓延时一样神速。起初红草生长没多久，就患了一种糜烂病，据说是一种细菌导致的。由于自然选择的作用，地球上的植物都有了抵御细菌疾病的能力，不会轻易死掉。而红草却像死去多时的东西那样，迅速地腐烂了。枝干先是变白，接着变皱，随后变得易碎，轻轻一碰立即破碎。水曾刺激其初期生长，后来却将红草的痕迹冲刷入海。

我来到水边的第一件事当然是先平息干渴。我喝了不少水，一时冲动又嚼了些红草。红草中的水分很多，有一股难闻的金属味。我发现水很浅，尽管红草根绊脚，但趟过去不会有什么危险。不过，显然越往河里边走水越深，我便退回来，向莫特莱克走去。偶尔会见到房屋的废墟、篱笆和街灯，我凭借这些标记择路而行，不久便走出泽国，爬上通往罗汉普顿的山路，来到了普特尼公地。

这里的景象变了，不再古怪陌生，取而代之的是熟悉的废墟：一片片的土地留下飓风袭过的狼藉。再走几十码，竟有一些丝毫无损的去处：房子的百叶窗整整齐齐，门关得严丝合缝，好像主人刚外出了一天半日，又像是住在里面的人正在睡觉。这里的红草不多，高大的树上也没缠上红色的藤蔓。我想在树上找到果实，却一无所获。我闯进了几座静悄悄的房屋，可已有人进入过这些房子，而且将里面的食物洗劫一空。天黑之前，我在灌木丛里歇息，我身体虚弱，实在走不动了。

我一直没看见人，也没见到火星人的影子。我碰上一两条一脸饿相的狗，它们见我不怀好意地走来，都赶忙绕开了。快到罗汉普顿的时候，我看到了两具人的骨架，不是尸体，而是啄光了肉的骨架子。在附近的小树林里，我发现了压碎的猫骨、兔骨，还有一只羊骷髅被散乱地扔在地上。我捡起来啃了啃，一点肉也没有。

日落之后，我又挣扎着往普特尼走。我猜想普特尼一定遭受了热线之祸。出了罗汉普顿，我在一个菜园里找到了几只没长大的白薯，足以暂时安抚饥饿。从这个菜园可以看到下方的普特尼镇和一条河。这片地方在暮色里显得非常荒凉：烧焦的树木，凄凉的、烧黑了的废墟。山下，从河里漫上来的水，一片片的，被红草映得红通通的。寂静笼罩了一切。一想到凄凉的景象真是突如其来，我心中充满难以名状的恐惧。

那会儿我觉得人类已被灭绝，我孑然一身，是最后一个仍然活着的人。在普特尼山头不远，我又看到了一具人体骨架，上肢被扯下来了，扔在离身体几码远的地方。我越往前走越相信，在世界的这一片地方，人类已被灭绝，剩下的也只有像我这样的孤魂野鬼了。我想，火星人把这片世界弄了个荒凉不堪，准是到别的地方觅食去了。或许他们正在毁灭柏林或者巴黎，或许他们往北去了。

第七章
普特尼山上的人

那天，我在普特尼山顶的小旅馆里过了一夜，这是我自逃往莱泽海德以来第一次在床上睡觉。不必赘述我是如何大费周章闯进旅馆的——后来我才发现门上只有一个插销；也不必说我是怎样翻仓倒橱寻找吃的，就在快绝望的时候，在好像是用人的卧房里，我发现了一块被老鼠啃过的面包皮，还有两听菠萝罐头。这里已被人洗劫过了。后来我在吧间里又找到被人忽视了的饼干和三明治。三明治都已腐烂，没法吃了；可是饼干不仅塞饱了我的肚皮，还塞满了我的口袋。我没有点灯，担心夜里火星人会在伦敦附近徘徊，寻找食物。睡觉前，我一阵阵地感到不安，从一扇窗户走到另一扇窗户，向外张望，看看有没有那些怪物的踪迹。我睡得很少，躺在床上，思绪万千。我不记得在我与副牧师最后一次争吵后出现过这样的情况。在这之前，我心里是一连串模糊的情感和木然的听天由命意识。可那天夜里，可能是吃了东西的缘故，我的头脑清醒多了，想了很多事情。

三件事情一直在我的脑海里翻腾：杀死副牧师，火星人在什么地方，我妻子怎么样了。回想第一件事并没有使我感到恐惧和懊悔，我觉得干就干了，虽然令人不堪回首，但却毫无值得懊悔的地方。我还清楚地记得，当时我被一步步逼到不得不匆匆下手的境地，那是一系列偶然事件的必然结果。我没感到自责，但那种记忆萦绕心头，驱赶不走。在宁静的黑夜里，我接受上帝的审判——对我那一时盛怒和恐惧的审判。在宁静和黑暗里有时会感觉离上帝很近。我回想起他蜷缩在我身边，对我的干渴不管不顾，用手指点着从威布利治升起的浓烟烈火。接着我一点一点地回忆自那以后我们之间的谈话。我们之间无法合作，即使环境险恶也没能改变这一点。如果我能预见到这一点，就会将他留在哈里福特。可是我没有预见到，我的过错就是没有预见，因此也就没能采取正确的行动。我把这件事的始末和对这件事的感想都一股脑儿写出来了。当时没人在场，我本可以掩盖这一情节，可我还是写出来，让读者自己去评判吧。

好不容易，我把脑海里这具平躺的尸体摆到了一边，便想到了火星人的去向和我妻子的命运。对前者我一无所知，可以做出上百种想象；对后者也是一样。蓦地，那夜晚变得可怖起来，我情不自禁地坐在床上，注视着黑暗。我祈祷热线猛地将我妻子击毙，没有一丝痛苦。自从由莱泽海德返回的那天夜里，我便没有祈祷过。我过去曾经祷告过，偶像崇拜式的祷告，我身陷困境的时候，便会像异教徒念咒语一样地祷告。而现在却不然，我认认真真、平静而又清醒地向黑暗中的上帝面对面地祷告。奇特的夜晚！最令人感到奇怪的是，当黎明来临，与上帝沟通了一夜的我便像老鼠离开自己的藏身洞穴一样溜出房子——一个比老鼠大不了多少的动物，一个低级动物，一个主人心血来潮便会追逐继而屠杀的动物。也许低级动物也会虔诚地向上帝祷告。如果我们没有别的教训，这场战争起码应当教会我们如何怜悯——怜悯那些被人类统治的没有智慧的生命。

早晨，晴空万里，分外明亮，东方的天空红霞一片，饰有一小片一小片的金色云彩。从普特尼山顶通往温布尔登的山路上偶有惊慌逃窜的狼藉。星期天夜里战斗打响后，人群一定曾向伦敦方向奔涌。路上有一辆小马车，上面刻着“托马斯·洛伯，水果商，新莫尔登”；轮子碎了，旁边有一只锡皮箱；一顶草帽被踩烂了，已经陷入僵硬的泥巴当中。在西山顶上一只被推翻的水槽周围，撒满带血的玻璃碎片。我有气无力，漫无目的。我有点想去莱泽海德，可是我知道在那里找到我妻子的希望太渺茫了。当然，除非死神突然降临，否则我堂兄和我妻子一定从那里逃走了；也许我可以在那里打听到萨里的人都跑到什么地方去了。我意识到我非常想找到我妻子，我的心在为她和世界上的其他人疼痛，可我不清楚怎么样才能找到他们。这会儿，我痛切地感到自身的孤独。从那个角落，我借着树丛的掩护，走到了开阔的温布尔登公地边缘。

焦黑的公地上闪耀着一簇簇黄色的金雀花，这里看不到红草。我在公地边上徘徊的时候，太阳升起来了，给公地撒上一片光明和生机。在树丛里，我见到一块沼泽地里有一群小青蛙在忙来忙去。我停住了脚步，仔细观看，从它们顽强的生机中汲取力量。这时，我有一种被什么东西窥视的奇怪感觉，我猛然转身，看到一团影子蜷缩在矮树丛中。我站在那里，紧盯着那团影子，向前走了一步，那团影子站了起来。原来是个人，手里拿着弯刀。我慢慢地向他走近。他一声不吭地站在那里，一动不动，紧盯着我。

我走近他，发觉他的衣服像我的一样肮脏污秽，他那样子真像是被人从阴沟里拖出来的似的。再往近前些，能看到他身上有水沟绿色的烂泥、白花花的干泥巴和一块块闪亮的煤黑。他的黑发遮住了眼睛，脸庞凹陷，又黑又脏，所以我起初没认出他来。他的脸的下部斜着一道血红的伤口。

“站住！”我离他不到十码的时候，他吼道。我停住了脚步。他的声音嘶哑，“从哪儿来？”他问道。

我沉思俄顷，观察着他。

“从莫特莱克来。”我说，“我被埋住了，就在火星人给铁罐子挖的土坑边上。后来我挖开通道，逃了出来。”

“这附近没有吃的。”他说，“这是我的领地。从这座山一直到山下河边，从山后到克拉珀姆，从这边到公地边缘。这里的食物只够一个人吃。你要到哪去？”

我慢吞吞地回答着：

“我不知道。”我说，“我被埋在房子的废墟里十三四天，不知道都发生了什么事。”

他满腹狐疑地看着我，猛然一愣，表情改变了。

“我不想在这儿逗留，”我说，“我想我得去莱泽海德，我妻子在那里。”

他猛地用手指着我。

“是你，”他惊叫道，“你是从沃金镇来的。你在威布利治没被杀死吗？”

这时我也认出了他。

“你是跑到我园子里的炮兵。”

“真是好运气！”他嚷道，“我们真幸运啊！你想想！”他伸出一只手，我握上去。“我是从水沟里爬出来的，”他说，“不过，火星人并没把所有人都杀死。他们走了以后，我穿过田野逃往瓦尔顿。但是，总共不到十六天，你的头发灰白了。”突然，他扭头向身后张望。“只是一只白嘴鸦，”他说，“这年头鸟的影子都得担心。这里太暴露了，我们爬到树丛底下再说吧。”

“你见到火星人了吗？”我问道，“自从我逃出来……”

“他们到伦敦那边去了。”他说，“我想他们在那里建了个大本营，就在汉普斯特德方向，那里的灯火把天映得通明。那里像是一座大城市，看得见他们在这片光中走动的身影。白天就看不见这片光了。可在这附近，我有五天没见到火星人了……（他数着手指头）我曾经看见两个火星人在哈默史密斯方向搬运某种很大的东西。前天夜里——”他停了一下，然后很神秘地说，“看上去就像一簇灯，但却是在空中。我想他们造出了飞行器，而且在练习飞行。”

我停了下来。我们进入了树丛——手脚并用，在树底下爬行。

“飞行！”

“是的，”他说，“飞行。”

我爬到一片树荫底下，坐了下来。

“人类完了。”我说，“火星人会飞的话，世界各地都能去了。”

他点点头。

“他们会的。不过，那样会减轻这里的压力。此外……”他看了我一眼，“你还不承认火星人占了上风？我承认。我们甘拜下风，我们被打败了。”

我瞪大了眼睛。虽然这听起来很奇怪，但我还没有意识到这一事实——一经他说出口，这事实变得如此显而易见。我曾心存虚幻的希望，或者说我保持着与生俱来的心理定式。他重复着：“我们被打败了。”这句话不由你不信。

“全完了。”他接着说道，“他们只死了一个，只有一个。他们站稳了脚跟，打垮了地球上最强的力量。他们把我们踩在脚下。在威布利治死掉的那个完全是事出偶然。这些只是打前哨的，他们还在源源不断地前来。那些绿色的流星——有五六天没看见了，可我一点也不怀疑，他们每天夜里都降落在不知道什么地方。

没有办法。我们甘拜下风！我们被打败了！”

我没有对他的话做出回应。我坐在那里，盯着前方，苦思冥想，却想不出反驳他的理由。

“这不是战争，”炮兵说，“根本不是战争，就像人与蚂蚁之间不可能有战争一样。”

突然，我想起在天文台所看到的情景。

“发射来第十只铁罐子之后他们没再发射，至少在第一只铁罐子到来之前没再发射。”

“你是怎么知道的？”炮兵质问道。我向他做了解释，他陷入沉思。“是炮出毛病了。”他猜测道，“即使这样，又能怎样？他们会修好的。尽管拖延了一段时间，但他们会改变自己的目标吗？这不过是人与蚂蚁之间的事。蚂蚁建造城市，过它们的日子，打它们的战争，闹它们的革命，然后人来了，让蚂蚁滚开，蚂蚁就得滚开，这就是我们现在的下场——只是蚂蚁而已。只是……”

“是的。”我说。

“我们是可食的蚂蚁。”

我们坐在那里，你看我，我看你。

“他们准备把我们怎么样？”我问道。

“这也是我在考虑的事情，”他说，“这也是我在考虑的事情。我从威布利治出来往南走，心里一直想着这件事。我目睹了发生的一切。大多数人只知道尖叫，把自己搞得神经兮兮的。我却不喜欢尖叫。我曾见过一两次死亡的场面；我不是个只会炫耀的士兵，不管出现什么情况，至多一死，不过一死而已。只有肯动脑筋的人才能幸免于难。我见所有的人都纷纷往南走，就知道往南走是不会找到食物的，便掉头往回走。我跟火星人玩捉迷藏，像麻雀跟人捉迷藏一样。”他向远处地平线方向挥了挥手，“他们成群地饿死，你撞我，我撞你，相互践踏……”

他看到我的表情，不好意思地停了下来。

“毫无疑问，不少有钱人逃到巴黎去了。”他说。他好像在犹豫是不是该道歉，看了一下我的眼睛接着说：“这里到处都是食物。商店里有罐装食品、葡萄酒、烈性酒和矿泉水，而自来水管道却没水了。噢，我来告诉你我是怎么想的，‘我们面对的是智慧动物，’我对自己说，‘他们似乎想要把我们当食物。首先，他们要把我们打垮——船舶、机器、枪炮、城市，还有一切秩序和组织，这一切都会被摧毁的。如果我们像蚂蚁一样大小，也许我们还有望坚持下去。可我们又不像蚂蚁，目标太大了，只能任其摧毁。这是第一个必然结果。’对吧？”

我表示同意。

“没错，我仔细琢磨过的。那么好吧，第二步，我们现在被火星人按照他们的意图围困住了。火星人只需要走出几英里，便可追上一群逃奔的人。一天，我在旺兹沃斯附近看见一个火星人，他把房屋抓碎，把人从废墟里掏出来。不过他们不会总这样干的。只要他们销毁我们的大炮、舰船，捣烂我们的铁路，干完了他们要干的一切，便会有条不紊地来抓我们，选出强壮的关进笼子之类的地方。他们不久就会这样做了。天哪！他们还没开始对付我们呢。你看到这一点了没有？”

“还没开始！”我惊叫道。

“还没开始。现在人类遭受了灾难，这是由于我们不懂得保持安静，而是用大炮去骚扰火星人以及诸如此类的愚蠢之举。我们失去了理智，成群结队地逃往并不比原来更安全的地方。其实还没到他们对我们下手的时候。他们在制作自己的东西，制作那些不能从火星上带来的东西，为随后要来的火星人做准备。很可能这就是暂停发射铁罐子的原因，他们担心砸着已在地球上的火星人。与其我们盲目地四处乱窜，大呼小叫，或者乱埋炸药，以期炸死火星人，还不如按照新形势安顿下来。我是这样想的。不是按照人类自己的意愿，而是根据现实的发展趋势，我就是根据这样的原则行动的。城市、国家、文明和进步都是过去的事了，那些游戏已经结束。我们被打败了。”

“可是如果这样，人活着还有什么意思呢？”

炮兵盯着我看了一会儿。

“一百万年之内，恐怕不会再有赏心悦目的音乐会了，不会再有皇家艺术学院，饭店里不会再有可口的小吃。如果你追求乐趣，我想游戏结束了。如果你注重客厅礼节，不喜欢用餐刀吃菜豆，或者不喜欢将吃的东西掉到餐桌上，最好赶快抛弃这一切。这些东西毫无用处了。”

“你是说……”

“我是说，像我这样的人要继续生存下去——为了人类也要这样做。我跟你说，我是一定要活下去的。如果我判断正确的话，要不了多久你也会说出心里话的。我们不能被灭绝。我也不想被火星人逮住，像养公牛一样驯化、喂肥、繁殖。呸！想想那些棕色爬虫！”

“你是不是想说……”

“我想说我会坚持，就在他们脚下。我已经计划好了，我已经考虑好了。人类被打败了。我们缺乏知识，我们得学习才会有取胜的机会。要学习就必须活下去并保持独立。明白吗？这才是我们应该做的。”

我惊愕地瞪大了眼睛，被这人坚定的决心深深地感动了。

“天哪！”我喊道，“你才是真正的人！”我猛地抓住了他的手。

“嗯！”他目光炯炯地说，“我已经想好了，不是吗？”

“说下去。”我说。

“好吧，想逃脱被火星人逮住的命运，就得做好准备。我就在做准备。注意，不是所有人都能成为野兽，情况肯定如此。这就是我刚才观察你的原因，我心中有疑问，你长得太纤弱。我没认出你来，也不知道你曾被埋在废墟里。所有那些人，住在这些房子里的那些人，住在那边的该死的小职员，他们一无是处。他们没有骨气，没有高尚的幻想，没有高尚的愿望，缺乏幻想或者愿望。天哪！除了怯弱和谨慎，他们还能干什么？他们只知道为工作奔命——这种人我见得多了，手里捏着早点，一路狂奔去赶买了季票的火车，担心赶不上火车被炒鱿鱼；忙着自己都不敢细想的工作；下班以后又奔命似的往回赶，担心赶不上吃晚饭的时间；晚饭后便待在家里，担心后院来贼，然后与结发妻子共眠。他们娶妻不是爱情所致，而是因为手中有点钱，想让自己痛苦的奔命人生有点安全感。他们担心会有不测，于是为自己投资，买人寿保险。到了星期天，他们又为死后的岁月担忧。似乎地狱正是为忧生畏死的人准备的。噢，对他们来说，火星人也许就是上帝的使者。宽敞的笼子、催肥的食物、用心的饲养，万事不烦心。在田野里饥肠辘辘地奔跑一个星期以后，他们会主动上门，高高兴兴地被火星人抓去。过一段时间，他们会倍感幸福。他们会对人们在被火星人饲养前的所作所为颇感费解。那些整天在酒吧闲逛的人、那些只知道与女人调情的人、那些唱歌的人，我想象得出他们的丑态，想象得出。”他愤愤地说，带着一种阴郁的满足，“他们会有不同的情感和信仰。我曾经目睹成百上千件事，最近这几天才看清其实质。不少人会随遇而安，愚不可及，膘肥体胖；不少人会被一种做错事的感觉所折磨，觉得自己应当有所作为。每当事态严重，人们感到应当有所作为的时候，那些弱者以及因忧心忡忡而变为弱者的人，总会成为无为宗教的信徒，非常虔诚和超脱，任人宰割，听凭上帝安排。可能你也见过这种情形。这种怯懦的风暴可以涤荡人的心灵。那些笼子里将洋溢着颂诗唱经的声音，一片虔诚。而不太天真的人则会耽于——怎么说呢？——淫荡。”

他停顿了一会儿。

“很可能火星人会把他们中的一些人变成宠物，训练他们玩点把戏。鬼晓得？像这样的宠物男孩长大了就得被杀死，火星人也许会因此而伤感。他们也许会训练其中的一些人来捕捉我们。”

“不，”我喊道，“那不可能！没有人……”

“抓住那些谎言不放有什么意义呢？”炮兵说，“会有人乐此不疲的。干吗自欺欺人！”

我只能同意他的判断。

“如果他们来抓我，”他说，“天哪，如果他们来抓我……”他的声音变弱了，陷入沉思。

我坐在那里思考着这些事情，对他的推断提不出一点反驳见解。火星人入侵之前，没有人会怀疑我的智力比他强。我，一个鼎鼎大名的哲学问题作家，而他却是个普普通通的士兵。我对形势的认识还是一团模糊，而他却能分析得头头是道。

“你准备怎么干？”过了一会儿，我问道，“你有什么计划？”

他犹豫了一下。

“嗯，是这样的。”他说，“我们必须干点什么，发明一种新的生活方式。通过这样的方式，人类可以活下去，繁衍下去，而且可以安全地将后代养大。是的，别着急，让我仔细告诉你我们该干什么。逆来顺受的人跟驯顺的动物没有什么两样，几代之后他们就会心宽体胖，漂亮富有——变成有血有肉的蠢货——一堆垃圾！我们这些不肯就范的人有可能变成野人，堕落成野蛮的大老鼠……你明白吗？我所指的活下去的方式是指生活在地下。我一直在琢磨下水道，没见过下水道的人会把那里想象得很糟。在伦敦城下有长长的下水道，上百英里，下几天雨，再加上伦敦是座空城，下水道便会被冲洗得一干二净，气味宜人。主线下水道宽敞得很，空气流畅，适合所有的人居住。还有地下室、地窖和商店，挖通从那里进入下水道的地道。另外还有铁路隧道和地铁。怎么样？你明白我的意思了吗？我们建立一个组织，全是身强体健、头脑清醒的人。我们要清除混进来的渣子，让那些体弱无力的走开。”

“你也想让我走开吗？”

“嗯……这事我们谈过，不是吗？”

“我们不要为这事争吵。你接着说。”

“留下来的要听从命令。我们也需要体格健壮、头脑清醒的女人——让她们当母亲和孩子们的老师。不要多愁善感的妇人，不要看到该死的、多情的眼睛。我们不能吸收脆弱和愚蠢的人，要让生活重新恢复它的本来面目。无用的累赘和惹是生非的人只有死路一条，他们应该死掉，应当自愿死掉。不管怎么说，他们活下去玷污人类就是对人类犯罪，他们也不会幸福的。而且，死并不那么可怕，只有胆怯的人才畏惧死亡。我们就在这些地方集结，伦敦将是我们的辖区。我们可以放哨，火星人离开的时候，我们甚至可以在露天活动，也许可以打板球。我们就这样来挽救人类，嗯？这样可行吧？但是仅仅挽救人类还远远不够，我们还只能当老鼠。还要挽救我们的知识，并增长我们的知识，这才是我们的目的。像你这样的人就有用了。我们要有书和模型。我们要在地下深处挖出宽敞安全的房间，摆放我们所能找到的书。不是小说、诗歌之类的扯淡玩意儿，而是讲思想、讲科学的书。像你这样的人就在这方面发挥作用。我们得去大英博物馆，把所有这样的书挑拣出来。特别重要的一点就是要挽救我们的科学知识，并且还要多多学习。我们得防着火星人，得有人去当间谍，探听火星人的消息。等一切就绪以后我会去的，我是说让火星人抓去。问题的关键是我们不要去惹火星人，甚至不要去偷火星人的东西。如果我们妨碍了他们，就主动撤离。必须向他们表明，我们于他们无害。是的，我知道。可他们是智慧生物，如果我们不妨碍他们为所欲为，他们是不会来追剿我们的，他们会觉得我们只是一些无害的小虫。”

炮兵顿了一下，把他的脏手搭在我的胳膊上。

“无论如何，也许我们一开始并不需要学习那么多东西。想象一下吧：四五个火星作战机器突然奔跑起来，热线扫来扫去，操纵机器的不是火星人，而是学会操纵机器的地球人。也许在我的有生之年就会成为现实，就是我们这些人。有那么一个机器该有多带劲，热线尽情狂扫！控制机器该多好哇！我们惨败过，被逼到了尽头，将火星人打个粉身碎骨也理所当然。我想火星人会睁开他们那美丽的大眼睛！你能想象那会是一幅什么景象吗？你能想象得出他们匆忙应战的样子吗？呼哧呼哧喘着气，不停地向其他机器呼救。其他机器也都出了故障。嗖！嘭！嘎！嘎！嘎！嗖！正当他们忙着修理机器的时候，嗖！热线到了。瞧吧，人类又夺回了他们的领地。”

一时间，炮兵大胆的想象以及充满信心和勇气的语调占据了我的心。我不假思索地相信他对人类命运的预言，同时也相信他的大胆计划是可行的。读者也许会觉得我未免太容易受感染，太愚蠢了。可是这样的读者应当注意我俩不同的心境：他无比投入地对他的计划侃侃而谈，我蜷缩在树丛底下听着，担忧使我心猿意马。我们就这样交谈着，度过了半个上午。后来我们爬出树丛，来到普特尼山上的一座房子。他在这所房子里安营扎寨了，他的营寨是储煤的地下室。我看到了他忙活了一星期的成果——不足十码长的小坑，他打算从这里挖通普特尼山的下水道。见此情景，我心中第一次投上了阴影，感到他的力量与他的幻想相差太远了。我挖这么一个坑用不了一天时间。可我还是对他充满信心，便同他一起挖了一上午，直到天过晌午。我们把花园中的推车用上了，将挖出来的土运到厨房。我们从相邻的食品间拿了些罐装牛杂碎汤和酒填饱了肚子。我对世界变得陌生感到痛苦，可一番劳作下来这种痛苦感奇怪地减轻了。我一边劳作，一边琢磨他的计划，心里开始出现一些疑团和不同的观点，可我还是在那里忙活了一上午，发现自己重新有了努力的方向，心情很愉快。干了一个多小时，我开始掂量需要挖多长的距离才能与下水道接通，而且我想我们很有可能挖错了方向，永远也挖不通下水道。我想不通为什么一定要挖这么个长隧道，而实际上我们可以从任何一个为修理工准备的入口进入下水道，然后从下水道里向房子这边挖。而且我觉得，这所房子也选得不好，太不方便，需要挖的隧道太长了。我正在琢磨这些问题，炮兵不挖了，在一边看着我。

“干得不错。”他把镐头放下。“我们先停一会儿，”他说，“我想我们该到房顶上去瞭望一下了。”

我说还是接着干吧。他犹豫了一下，然后又拿起了镐头。我突然想到一个问题，停住手，他也随即停了下来。

“你当时干吗在公地上转来转去，”我问道，“而不好好待在这儿？”

“喘口气。”他说，“当时我刚要往回走，那地方夜里安全些。”

“那就不挖了？”

“哦，不能老挖呀。”他说。转瞬间，我觉得他很普通。他手里拿着镐头，犹疑不定。“现在得去瞭望一下了。”他说，“火星人走近的话，会听到刨土的声音，会在不知不觉中攻击我们的。”

这下我不能反对了。我们一起走到阁楼，站在梯子上，从打开的天窗往外看。不见火星人的踪影，我们便壮着胆从天窗出来，踩着房顶的瓦片，悄悄地走到墙边躲了起来。

从这个位置看出去，一片灌木丛遮住了大部分普特尼镇，不过可以看到山下的河、一湾冒泡的红草。拉姆巴斯的低处已被淹没，长出一片红草。古老宫殿附近的树木上缠满了红色的藤蔓，从团团的藤蔓之间伸出枯瘦的死枝条，枝条上挂着皱巴巴的枯叶。

怪得很，红草和红藤都靠流水蔓延。在我们周围，这两种植物还未有落脚之处。桂枝和八仙花丛中探出金链花、粉红的绣线菊、白色荚花和侧柏树，阳光里叶子翠绿，花开烂漫。肯辛顿镇那边浓烟滚滚，再加上蓝色的薄雾，使得北面的群山烟雾缭绕。

炮兵开始跟我说起留在伦敦的都是些什么人。

“上星期的一天夜里，”他说道，“一帮傻瓜把电灯线接通了，摄政大街和马戏场灯火通明。一群喝醉酒的男男女女脸上画得怪怪的，衣衫褴褛，又跳又叫，闹了个通宵。我是听一个在场的人说的。天亮的时候，他们发现一个火星作战机器就站在兰厄姆附近，居高临下地看着他们，天知道它在那里站了多久。醉鬼中有人吓得拔腿就跑，火星人沿路追来，抓走了近百人。这些人或者喝得太多了，或者吓得挪不动步了。”

这段时间里发生了许多千奇百怪的事情，任何一本历史书都难以尽述！

我问了他几个问题，他便离开这个话题又说起他的宏伟计划。他变得热情洋溢，滔滔不绝地说着逮住一个作战机器的可能性，我又有些相信他了。不过，这会儿我对他的性格已有所了解，我感觉得出他着重强调一点，就是不打无准备之仗。而且我也注意到，显然他是不会亲自去与强大无比的机器搏斗并将其擒获的。

过了一会儿，我们回到了地下室。我们都不想再挖下去了。他提议吃点东西，我毫无意见。他突然变得大方起来，饭后他离开了一会儿，取回上好的香烟。我们点上烟。他显得更加乐观，好像把我的到来当成一件盛大的事情。

“地下室里还有点香槟。”他说。

“还是喝泰晤士河边造的葡萄酒吧，那会有利于挖隧道。”我建议道。

“不！”他说，“今天我请客。喝香槟！天哪！摆在我们面前的任务很重！我们休息一会儿，积攒点力气。瞧，我们的手上都打泡了！”

既然今天放假，他坚持要在吃完饭后打扑克。他教我打三十二张牌，我们将伦敦瓜分了，我拥有伦敦北部，他拥有伦敦南部，我们相互赢教区。这在稳重的读者看来未免滑稽，可我们当时就是这么玩的，而且我觉得这种扑克牌游戏以及后来玩的几种其他游戏都非常有趣。

人的心思真是太古怪了！人类濒临灭绝或者面临可怕的沉沦，我们自身前景暗淡，很可能以惨死告终，竟能坐在那里聚精会神、其乐融融地玩纸牌！后来他又教我玩五张牌。我们鏖战了三盘象棋，我杀得他片甲不留。天黑以后，我们决定冒险点上灯。

我们玩了一盘又一盘，然后吃晚饭，他把剩下的香槟喝光了。他已不再是我早晨看到的那个生机勃勃的人类复兴的英雄。他仍然乐观，但不像早晨那么意气风发，而是一种深思熟虑型的乐观。我记得他又说起了我的体格，说了一点别的话题，断断续续，说说停停。我拿了一支香烟，上楼去看他说起的海格特山一带通明的绿光。

起初我傻呆呆地向伦敦河谷方向看。北边的群山罩在一片夜幕之中；肯辛顿附近的大火将天映得通红，不时地一股橘红色的火舌一蹿便隐入墨蓝色的天空。伦敦的其他地方漆黑一团。我看到稍近些的地方有奇怪的光亮，一种淡淡的紫色荧光。我一时没弄懂那是什么，后来明白这光亮一定是从红草里发出的。意识到这一点，我沉睡的探究心理、我对事物的判断能力复苏了。我将视线从那荧光转向火星——红红的，亮亮的，在西边的天空闪耀，随即又凝神注视着汉普斯特德和海格特的夜空。

我在房顶待了许久，回顾这一天的变化，颇感不解。想到我的心境从半夜祈祷变成傻乎乎地玩牌，猛然产生了对自己强烈的厌恶。我记得我当时将香烟狠劲丢开，就像抛弃自己。我不无夸大地意识到了自己的荒唐，觉得自己背叛了妻子和人类，满心懊悔。我决定离开这个不着边际的妄想狂，让他一个人在这里大吃狂饮吧！我要往前走，去伦敦。我想，在伦敦我才能知道火星人在干什么，我的同胞又在干什么。晚月升起的时候，我仍在房顶上。

第八章
死寂的伦敦

我与炮兵分开之后便下山了，沿着高街过桥，来到福勒姆。当时红草长得很茂盛，桥面几乎被挡住了，不过红草的枝叶已有一块块白斑，传染病正在迅速蔓延，要不了多久，这些红草就会被全部毁掉。

在拐向普特尼桥火车站的巷口，我发现一个人躺在地上，像一身黑尘的扫烟囱人。他还活着，但已经喝醉了，动弹不得，话也说不清。我什么也没问出来，他只是一味地谩骂，还动手打我的头。若不是他一脸凶相，我会待在他身边照顾他的。

从大桥往前走，到处都是黑色的灰尘，到了福勒姆街，灰尘更厚了。街道上静得可怖。在这里的一家面包店里，我找到了食物，又酸又硬，还发了霉，但还能吃。再往瓦勒姆格林方向走一段路，街道上没有灰尘了。我从一幢燃烧着的房子前的白色台阶上走过，火焰的声音竟让人感到轻松。再往布朗普顿走，街上又是一片寂静。

在这里的街道上我又见到了黑尘和尸体。从福勒姆街的一头到另一头，我见到了十多具尸体。他们已经死了多日，我从他们身边匆匆走过。他们的身上盖着黑尘，轮廓显得圆浑。有那么一两具尸体被狗撕扯过。

没有黑尘的地方好像是星期天的景象，商店关门了，房屋落了锁，百叶窗放了下来，人去屋空，安然平静。有的地方有被打劫过的痕迹，这些地方几乎都是食品店和酒店，其他住家很少被光顾。一家珠宝店的窗户被打破了一个洞，几条金链和一只手表散落在人行道上，显然小偷遇到了麻烦。我不屑去碰这些东西。再往前走，我看到一个女人像一堆烂衣服一样倒在门口，搭在膝盖上的手被砍伤，血流在她那铁锈色的裙子上。一只大香槟酒瓶被打碎了，酒流到了人行道上。她好像睡着了，其实是死了。

越往伦敦深处走，寂静便越凝重，但不是死亡的沉寂，而是充满悬念和期待的静默。都市的西北边已被烧焦，伊灵和基尔本已成为废墟。面前的这些房屋也似乎随时会被摧毁，沦为浓烟滚滚的废墟。这是一座受诅咒、被遗弃的城市……

在南肯辛顿街上没有尸体，也没有黑尘。我是在快到南肯辛顿的时候第一次听到那叫声的。这叫声隐隐地潜入了我的听觉，是抽泣似的双声："哎啦，哎啦，哎啦。"持续不断。我路过通往北边的街口时，那声音更响了，随后又被房屋隔断了。等我走到展览路的时候，那声音极其清楚。我停住脚步，眼睛盯着肯辛顿花园方向，弄不明白这遥远、古怪的声音究竟是怎么回事。似乎是这房屋的荒漠在呻吟着恐惧与孤独。

“哎啦，哎啦，哎啦，”一种非人类的声音在呻吟着。强大的声波沿阳光灿烂、高楼耸立的宽阔大道涌来。我心中暗暗称奇，开始向北往海德公园的铁门走去。我曾想闯进博物馆，爬到博物馆的塔顶，看看公园背后究竟有什么。可我还是决定不离开地面，便于藏身，于是我沿着展览路往前走。路两侧的大厦里空无一人，安静得出奇，我的脚步声在房墙间回荡。在靠近海德公园的路尽头，我看到了一个奇怪的场面：一辆公共马车翻倒在路边，拉车的马只剩下骨架，肉全被剥光了。我在一旁站了一会儿，琢磨这是怎么回事，随后便走上横跨瑟彭泰恩的桥面。那声音越来越响，可是我看不见公园北面的房屋上方有什么，只看到在西北方向有一抹轻烟。

“哎啦，哎啦，哎啦。”这个声音好像是从摄政公园附近传来的。这凄凉的声音引起了我的共鸣。刚才支撑我的情绪消失了，我被那哭声攫住了。我感到特别疲倦，两脚酸痛，又饥又渴。

时间已过中午。我干吗要独自一人在一座死亡城里转来转去？整个伦敦都已安息，蒙上了黑色裹尸布，我还在这里干什么？我感到孤独难耐。我想起了早已忘记的老朋友，想到了药店里的毒药、酒店里的烈酒；我想到那两个浸在酒里的绝望的人，据我所知，整个城里除了我便只有那两个人了……

我走到牛津大街和大理石拱门处，这里也到处是黑尘，还有几具尸体。从几家地下室的格栅里传出不祥的恶臭。走了这么长的路，我感到炎热不堪，非常口渴。费了好大一番工夫，我撬开一家酒馆的门，弄了点食物和饮料。吃过东西之后，我愈发疲惫，便走到吧间后面的客厅，找到一个黑色马鬃沙发，躺下就睡着了……

醒来的时候，那阴沉凄凉的声音仍萦绕于耳："哎啦，哎啦，哎啦"。时已黄昏，我在吧间找到几块饼干和奶酪——吧间里有个肉食柜，但里面除了蛆什么也没有。随后，我穿过几个居住区的广场——我能叫得上名的只有波特曼广场——来到贝克大街，终于走到空旷的摄政公园。从贝克大街的尽头出来时，在远处树梢上方的落日余晖里清晰可见一个火星机器巨人的面罩，那呻吟的声音就是从那里传出的。我并没感到恐惧，若无其事地向它走去。我观察了它一会儿，可它却一动不动。它好像就想站在那里呻吟，什么原因我不得而知。

我试图理出一套行动方案，可那没完没了的"哎啦，哎啦，哎啦"搅乱了我的思绪。也许我疲劳过头了，没感觉特别害怕。当然，与害怕相比，我的好奇心更强烈些：我特别想知道这单调的呻吟是出于什么原因。我离开公园，走到公园路上，想借石阶的掩护绕过公园到圣约翰森林，从那里看一看这个站着不动、一味呻吟的火星人是怎么回事。出了贝克大街约两百码，我听到群狗齐吠，先是看到一只叼着一块红色腐肉的狗拼命地向我跑来，接着便是一群饿红眼的狗追踪而来。前面的狗从我身边远远地绕开，好像担心我也会去抢它的肉。狗吠声渐渐远去，“哎啦，哎啦，哎啦”的呻吟声又传来了。

在去圣约翰森林车站的半路上，我看到了做工机器的残骸，起初我以为只是一座半塌的房子倒在路上。我爬到废墟中间的时候才吃惊地发现了这个机器巨人，它躺在自己造成的废墟堆里，触须破损蜷曲。它的前部已被撞碎了，似乎曾横冲直撞，一头撞到了房子上，房子倒塌，将它埋了起来。我当时猜想，这种情况可能是做工机器想摆脱火星人的控制造成的。我没法爬到废墟上去看个仔细，而且当时暮色已深，做工机器座位上的火星人的血迹和狗啃剩下的火星人骨头都看不见了。

我一边思索着所看到的这一切，一边向普里姆罗斯山走去。透过树枝缝隙，能看到远处还有一个火星人，像第一个一样一动不动，悄无声息，脸冲着动物园方向。离埋有撞碎了的做工机器的废墟不远，我又看到了红草，也看到了摄政运河，运河上一片海绵状的暗红色植物。

过桥的时候，“哎啦，哎啦，哎啦”的声音戛然而止了。寂静像霹雳一样迅猛降临。

附近幽暗的高大房屋模糊不清，公园方向的树林越来越黑。在我周围，红草在废墟中蔓延，昏暗中枝杈扭来扭去，想爬过我的头顶。夜，这个恐惧和神秘之源，向我袭来。但是有了那呻吟的声音，那种孤独凄凉的感觉还能忍受。有声音，说明伦敦似乎还活着，周围有生命的感觉支撑着我。突然之间一切都变了，一种什么东西消失了，我说不清是什么东西，接下来便是凝重得可触摸的寂静，而且只有这凄凉的沉寂。

伦敦像幽灵一样窥视着我。白色楼房的窗户像骷髅的空眼窝。在我的想象中，有无数敌人的身影在我身边悄然无声地移动。恐惧攫住了我，我为自己的鲁莽感到恐惧。面前的路一片漆黑，依稀可见一团扭曲的身影横在路上。我不敢往前走了。我转向圣约翰森林路，向基尔本飞奔，拼命逃离这不堪忍受的寂静。我在哈罗路上的一个马车夫小棚子里躲避黑夜和寂静，直到凌晨。黎明前，我的勇气恢复了，群星仍然挂在天上的时候，我又走上了通往摄政公园的路。我穿街过巷，迷路了。后来在一条林荫路的尽头看到黎明初露中的普里姆罗斯山。山顶上，衬着即将隐去的星辰，耸立着第三个火星人，像其他两个一样，一动不动地直立在那里。

我被一个疯狂的念头控制着：死了算了，还可以省却自杀的麻烦。我不顾一切地向那巨人走去。我越走越近，晨光也越来越亮。我看见一群黑鸟，有的簇拥在火星人的面罩上，有的在一旁盘旋。见此情景，我的心猛跳了一下，沿路跑了起来。

我匆忙地穿过挡住圣埃德蒙台阶的红草（我趟过从河堤冲向艾伯特路齐胸深的激流），在太阳升起前来到了草地上。山头附近挖出了一个个大土丘，形成了一个巨大的环堡阵地。这是火星人进行的最后也是最大的工程。土丘后面轻烟缭绕，升入空中。

天际间，一只饥饿的狗急惶惶地奔跑，一忽儿便消失了。我心中闪现的念头变得真实可信了。我跑上山，跑向那一动不动的怪物。我一点也不害怕，只是狂喜得发抖。从面罩里流出一缕缕棕色的东西，饥饿的鸟在上面又啄又扯。

转瞬间，我已爬上土丘，站在丘顶上了。环形阵地的内侧就在我的脚下。这地方真大，里面到处是巨型机器、材料堆和奇形怪状的掩体。火星人在阵地的各个角落，有的在翻倒的机器人里，有的在僵死的做工机器里，还有十几个摆成一排，身体僵硬，无声无息。它们都——死了！被糜烂病菌杀死了，他们的肌体对此没有抵抗力。他们像红草一样被杀死了，而且是在人类所有的手段都无法阻止其前进的时候被最不起眼的细菌给杀死了，这些不起眼的细菌是明智的上帝投放在地球上的。

结果竟是这样。若不是恐惧和灾难搅乱了我们的心智，我们本该早就想到这一点的。从一开始，这些病菌就给人类带来了灾难，从地球上有生命开始便让人类之前的生物付出了惨重的代价。在自然选择的过程中，人类逐渐具备了抵抗力。我们不会轻易被细菌征服，我们活着的肌体对许多病菌，比如使死生物糜烂的病菌，具有完全的免疫力。可是火星上没有细菌，这些火星人一闯入地球，一开始吸收地球营养，我们的微生物同盟军便开始夺取他们的性命了。我看到火星人的时候，他们已不可救药了，即使他们在走来走去，但仍在糜烂，死亡，这是必然的结果。人类付出了十亿计的生命，才换来了在地球上生存的权利，这种权利只属于人类，别的星球的生物是享受不到的。即使火星人比人类强大十倍，也夺不走人类所独有的权利。人，活着也好，死去也好，都有他的贡献。

在火星人的大坑道里，这里一个，那里一个，有近五十个火星人，突然死光了。他们一定搞不懂这是什么原因，我当时也不知道他们的死因。但有一点我是清楚的：这些曾经活着、对人类造成威胁的东西死了。一时间，我觉得森纳切里布城的毁灭又重演了，上帝后悔了，死亡使者一夜之间把他们都杀光了。

我站在那里，望着脚下的大坑，心情轻松而自豪，一直站到烈日高照，简直要把我晒出火来。大坑里黑暗依然。那些结构复杂、威力无比的大机器——曲里拐弯的，一看就不是地球制品——神秘幽幽地从暗影里探向光明。我听得到，一群狗正在坑底争抢着躺在暗处的尸体。在对面的坑沿上，摆着他们的飞行器。在腐烂和死亡之前，火星人在我们浓密的大气层里试验飞行，这些飞行器平平的、大大的、怪怪的。死神降临得再晚一天情况可就惨了。听到乌鸦的叫声，我抬起头来看着那尊巨大的、不能再作战的作战机器，看着那一缕缕红肉滴到普里姆罗斯山顶翻倒的座位上。

我转过脸来，沿着山坡向下看，只见那里站着我夜里见到的另外两个火星人，各有一群鸟在头部盘旋，像是光环。其中一个甚至在向同伙呼救的时候就已经死了，大概是最后死掉的。他不停地呼叫，直到他机器的能量耗尽。它们在冉冉上升的太阳的光辉里闪闪发光，像两座无害的闪光金属鼎式塔。

在大坑四周，是奇迹般免于毁灭的庞大的伦敦城。那些只看到过黑烟缭绕的伦敦人，很难想象寂静荒凉的房屋竟会那样清晰美丽。

东面，在艾伯特特勒斯焦黑的废墟和教堂粉碎的尖塔上方，太阳在晴空里亮得耀眼，房顶上有几块玻璃反射着阳光，白亮白亮的。

北面是基尔本和汉普斯特德，蓝天下一片密集的房屋；城市的西面模糊不清；南面，在火星人的背后，摄政公园里绿波荡漾，兰哈恩旅馆、艾伯特大厅的圆顶、皇家学院、布朗普顿路两旁的大厦在阳光下既清晰又渺小。再往前是隐约可见的威斯敏斯特参差不齐的废墟。远处，萨里山葱绿，水晶宫的尖塔像两根闪闪发亮的银棒。圣保罗教堂的圆顶被太阳衬得发暗，而且我第一次发现，教堂遭到了破坏，它的西墙上有个大洞。

我看着一片片房屋、工厂和教堂，静悄悄、空荡荡的。我想到这些高楼大厦融进了成千上万人的希望和努力，乃至生命；也想到曾经悬在伦敦上空迅疾无情的灭顶之灾。我意识到那片阴影已经过去，人们又可以生活在城市，这座至亲的死亡大城又将恢复生机和活力。我感到一股感情油然而生，几近落泪。

苦难过去了。甚至就在当天恢复工作就开始了。幸免于难的人们零零散散，遍地都是，没有领袖，没有法律，没有食品，像一群无人看管的羊——已逃到海外的成千上万的人开始往回返。生活的脉搏越来越强劲，将在空荡荡的街道和广场上搏动。尽管损失严重，但是黑手已被止住。凄凉的废墟、房屋焦黑的框架在阳光普照、青山绿草的映衬下显得破败不堪，但不久那里将回荡起重建者的锤声和泥瓦匠的泥铲叮当声。想到此，我将双手举向天空，感谢上苍。一年以后，我想——一年以后……

我猛地沉浸到对自己、妻子和过去充满美好希望和温柔关怀的岁月的向往之中，而这一切曾一度被认为是一去不复返了。

第九章

废墟

现在到了故事中最奇怪的一节，也许这并不算什么怪事。直到我站在普里姆罗斯山上热泪盈眶，称颂上帝的功德之时，还清楚冷静地记得所有事情。可后来的事我全忘了。

此后三天的事情我不记得了。后来我得知，我还远远不是第一个发现火星人死亡的人。在前一天夜里，有几个像我一样的游荡者早已发现了这一情况。有一个人——第一个发现者——在我还躲在车夫小棚里的时候就跑到了圣马丁大教堂，向巴黎发了电报，因此这一令人欢欣鼓舞的消息迅速传遍全世界。我站在坑边的时候，成千上万陷入担忧和恐怖的城市突然发疯般地热闹起来，都柏林、爱丁堡、曼彻斯特、伯明翰的人们都知道了这个消息。后来我听说，人们高兴得热泪盈眶，高喊着，停下手中的工作，相互握手，齐声欢呼。火车运输恢复了，直开到克鲁镇附近，送人们返回伦敦。教堂钟声已停止了两个星期，听到这一消息以后，整个英国上空很快回荡起钟声。骑着自行车的人面庞瘦削，衣着不整。他们一边骑行一边向瘦削不堪、心灰意懒的人们呼喊着惊人的获救消息。食品怎么办？穿过海峡、穿过大西洋运来救援的玉米、面包和小麦。那时节，好像世界上所有的船舶都在向伦敦驶来，可是我对这一切都失去记忆了。我四处游逛——一个疯子。后来我发现自己在一所房子里，周围都是和善的人。火星人死后的第三天，他们见我在圣约翰森林的街道上游荡，边哭边嚷，便把我收留了。他们告诉我，我一直在唱着一段毫无意义的顺口溜："最后一个活下来的人！万岁！最后一个活下来的人！"他们自己的事已经够烦的了，还好心收留了我，给我房子住，保护我免受伤害。我很想向他们表示感谢，可是我却不知道他们的名字。他们显然在我神志不清的日子里了解了我的一些经历。

我的精神恢复正常以后，他们婉声细语地向我转述了他们所听到的莱泽海德的命运。在我被围困的第二天，一个火星人摧毁了那座镇子，杀死了镇上所有的人。那火星人无缘无故地将镇子荡平了，就像小孩子任性地踏平蚁穴一样。

我举目无亲，他们对我很友善。我孤单凄惨，他们陪伴着我。我身体恢复正常以后，又在那里待了四天。在那几天里，我原来的隐隐约约的愿望变得越来越强烈：尽量找回往日欢快明亮的生活。这是一个只能增加我痛苦而无望实现的愿望。他们劝我放弃，想方设法将我的注意力从这一病态渴望中转移开。可到后来，我再也按捺不住那种冲动，我向他们真诚地保证，我会回来找他们的，便与这些只有四天之交的朋友洒泪而别。我又回到不久前还昏暗、陌生、空空荡荡的街上。

这会儿街上已经熙熙攘攘，到处是返回的人群，有的地方甚至有开业的商店，而且我看到一个饮水喷泉在喷水。

我记得当我走在回沃金镇小房子的路上时，太阳嘲弄似的异常明亮。我还记得街道上熙熙攘攘，周围充满生机，会有那么多人被杀死了吗？真令人难以置信。可后来我注意到，我所见到的人都面有菜色，头发蓬乱，眼睛显得更大更亮，两人中就有一个仍穿着肮脏褴褛的衣服。脸上的表情大致两类：抑制不住的狂喜；阴沉的坚定。如果不看表情，伦敦简直是流浪者的城市。教会机构在平均发放法国政府送来的面包。马匹为数不多，肋骨凸显，惨不忍睹。每条街口都站着戴着白帽、面容憔悴的警察。我看不出火星人造成了多么大的破坏，可到了威灵顿大街情况就不同了，在那里我看到红草爬上了滑铁卢桥的扶壁。

在桥边拐角处，我看到了那段时间具有代表性的古怪情景——一张被棍子钉住的纸头在红草上迎风飘扬。这是恢复发行的第一张报纸——《每日邮报》——的海报。我从口袋里摸出已经发黑的一先令，买了一张报纸。报纸上有大幅空白，那个唯一的撰稿人兼出版人自得其乐，在最后一版上印了一幅古怪的视觉效果广告。他刊出的内容具有感情色彩：新闻系统还没恢复正常工作。我从上面没得到多少新消息，只知道一周来对火星人机械装置的研究成果惊人。其中提到一件我不能相信的事：他们发现了“飞行的秘密”。在滑铁卢，我看到免费送人返城的火车进站了。返城大潮已过，车上的人不多，而且我也没有心情与人闲聊，便独自两臂交叉着坐在车厢里，心情沉重地看着窗外匆匆而过的废墟。由于是临时铁轨，快到终点的时候，火车脱轨了。铁路两侧的房屋都已沦为焦黑的废墟。往克拉珀姆岔路口方向望去，尽管两天来雷雨倾盆，伦敦仍蒙在黑色的烟尘里，显得肮脏不堪。在克拉珀姆岔路口，铁轨被破坏了，成百上千的失业职员、店员在与挖土机并肩劳动。我们的火车便在这匆匆铺就的铁轨上颠簸着驶了过去。

从那里沿铁路远望，一片陌生的凄凉景象。温布尔登遭到的破坏最严重，而瓦尔顿好像是铁路沿线受破坏最轻的，因为周围的松林没被烧毁。旺德尔河、莫尔河和所有的小溪上都堆满了红草，看上去既像屠夫案上的肉，又像酱腌卷心菜。而萨里松林一带太干燥，红色蔓藤的花结没能装饰到那里。在温布尔登以远，从铁路这边还能看见的一块苗圃地里，有第六只铁罐子降落时溅起的土堆。土堆边上站着一群人，几个工兵在土堆中间忙前忙后。在土堆上，联邦旗帜在晨风里招展。苗圃里红红的，到处是红草，一片红色衬着紫色的阴影，非常刺眼。当目光从近前的焦土和暗红的红草移向东方苍绿的群山时，会有无比的解脱感。

沃金镇车站伦敦一侧的铁路仍未修好，于是我在拜弗利特车站下了车，向梅布利行进。我路过了我与炮兵曾同骑兵谈话的地方，又路过了我在雷暴中见到火星人的地方。在这里，出于好奇，我离开马路，在红草堆里找到了摔碎的小马车和被狗啃咬撕扯、散得到处都是的马骸。我盯着这惨象看了好长一会儿……

随后我往回走，穿过松林，有的地方红草没及我的脖子。我看到花狗旅店的老板已被安葬，便从学院分部方向往家走。走过一家木板房开着的房门时，站在那里的主人喊着我的名字，和我打招呼。

我看到自家的房子，希望一闪旋即熄灭了。门被撬开过，没有关严，我走近时门慢慢地开了。

门“砰”的一声又关上了。书房的窗帘飘在窗外的风中，那天黎明我和炮兵曾在那里向外观看。再也没人来将那扇窗关上。被践踏的矮树丛跟我四周以前离开时一样。我踉踉跄跄地走进正厅，感觉房子里面空空荡荡的。灾难发生的那天夜里，我被雷雨淋得透湿，曾坐过的楼梯地毯周围已经起皱褪色。我们上楼时的泥脚印仍清晰可见。

我沿着这些脚印来到书房，看到铁罐子打开那天下午没写完的文稿仍摆在桌子上，上面压着透明的石书镇。我站在旁边读了一会儿文稿中的论点，这篇文章写的是伴随着文明的发展道德观念会向何处发展。文稿上最后一句话是预言的开头：“大约两百年以后，”上面写道，“我们可以期望……”句子中断了。差不多一个月过去了，我记起那天上午我静不下心来，中止了写作，从报童手里买了份《每日时报》。我记得当时我走到院门外，听报童怪诞地喊着“从火星来的人”。

我走下楼，来到餐厅。这里有羊肉和面包——都早已腐烂，一只翻倒的啤酒瓶，一切都是我和炮兵离开时的样子。家里一派凄凉的景色，我感到我长期抱着那么渺茫的希望是多么的愚蠢。正在这时，奇怪的事情发生了。“没有用的，”一个声音说道，“这房子里没人了，至少十天没人来过这所房子了。别再待在这儿折磨自己了，一家人只有你活下来了。”

我吃了一惊。是我自己的心灵在说话吗？我转过身来，身后的落地窗是开着的。我走上前去，向外张望。

我惶恐地发现我的堂兄和我的妻子也像我一样惶恐地站在那里。我妻子面色苍白，无泪，她虚弱地叫了一声。

“我来了，”她说，“我就知道……我知道……”

她用手捂住咽喉，身子开始摇晃。我一步冲上前去将她揽在怀里。

第十章
尾声

在即将结束这个故事之际，我只能抱歉。我没有能力解答一些仍有争议的问题，对某些问题的表述也必然会遭到批评。我的专业是思辨哲学，对比较生理学的知识仅限于读过一两本书。但是我觉得卡弗关于火星人猝死原因的见解很可能是正确的，因此他的见解几乎被当成了经过证实的结论。我在叙述过程中采用了他的见解。

不管怎么说，战后检查火星人尸体的时候，除了已知的地球细菌，没有发现别的什么。火星人不掩埋死去的伙伴，杀人不计后果，也说明他们对糜烂问题一无所知。尽管推论可能正确，但却绝不是已被证实了的结论。

火星人曾使用“黑烟”并造成了严重后果，人们对这种“黑烟”的组成还不得而知。热线发生器也仍是一团谜。在伊灵和南肯辛顿实验室发生了灾难性的事故，使分析家们不愿再对后者进行探究。对黑色烟尘进行的光谱分析准确无误地显示，存在一种未知的元素，这种元素在光谱分析仪里呈现为由三支绿线形成的一簇光线。大概这种元素能与氩气形成化合物，这种化合物能立即对血液中的某些成分产生致命的作用。可是本书的广大读者对这种未经证实的推测不会感兴趣。舍波尔顿被毁时从泰晤士河漂下来一些棕色泡沫，当时没人对其进行研究，现在那东西再也不会有了。

我已经提到过对火星人的解剖研究，这些研究只能在饿犬吃剩下的部分上进行。幸好在博物馆里，基本完整的大标本保存在酒精里，而且据此画出了数不清的画像，大家对此已很熟悉了。除此而外，对火星人生理学和结构的更加深入的了解就纯粹是科学研究的范畴了。

大家都关心的一个更严肃的问题是火星人会不会再一次入侵地球，我认为人们并没有给这个问题以足够的重视。眼下火星正处在会合期，可是每当出现冲的时候，我认为火星人还会再次冒险的。不管怎么说，我们应当做好准备。我想我们可以确定火星人用大炮发射铁罐子的位置，对火星上的那个位置进行不懈的观察，以便预测火星人下次入侵地球的时间。

这样一来，我们可以在铁罐子冷却、火星人爬出来之前，就用炸药或大炮将其摧毁；也可以在螺旋顶盖打开之际，用炮火将其杀死。我觉得随着第一次突袭失利，他们失去了许多优势。也许他们也是这么认为的。

莱辛认为火星人已成功地在金星着陆，并提出了充足的理由。从现在算起，七个月以前，金星、火星和太阳在一条线上。这就是说，对在金星上的观察者来说，火星处在冲的位置上。随后，在离我们近的这颗行星没有光的半球上出现了一道弯曲的亮光。几乎与此同时，在一幅火星气环的照片上发现了一道微小的黑线，具有相同的弯曲特点。只要看一下这两个痕迹的图片，就会充分认识到两者惊人的相似之处。

不管我们会不会受到第二次入侵，在经历这一切之后，人类对未来的观念都应当有很大的改变。我们现在已经知道，我们不能把地球当成一个既封闭又安全的人类独有的家园，我们无法预料宇宙间会突然飞来什么横祸。从整个宇宙的角度来看，这次来自火星的入侵对人类不无珍贵的启迪。我们丢掉了对未来无忧无虑的自信，而这种自信是颓废的温床。它为我们的科学研究带来了丰硕的礼品，而且大大提高了人们的公益意识。也许透过漫漫空间，火星人已经看到了他们的先锋的下场，并从中吸取了教训，而且在金星上已经找到了更安全的居住地。即使如此，在许多年间，人们不会放松对火星气环的严密观察，天空中的流星陨落将不可避免地给人类的子孙带来忧虑。

由此导致了人类视野的开阔，其意义大得无可估量。铁罐子落下来之前，人们普遍认为，在深邃的宇宙中，离开这小小的地球表面，再也不可能有生命。现在我们看得远了。如果火星人能上金星，那就没有理由怀疑人类也能做出类似的壮举。当太阳无可挽回地逐渐变凉，人类无法在地球上生存的时候，在这里孕育的生命之线将会飘然而出，网住我们的姊妹星球。

我心中想象着这样一幅图景：生命从太阳系的这个小小的生命苗圃缓慢地延伸到寂寥太空的各个星球。这种想象虚幻离奇，但这是一个遥远的梦想。从另一方面看，火星人的灭亡也许只是个时间问题。也许他们的毁灭，而不是我们的毁灭，是命中注定的。

我得承认，那段时间的危险在我心里留下了经久不灭的疑惑感和不安全感。当我坐在书房、在灯光下写作的时候，会突然觉得正在重建的河谷里烈焰漫卷，身后和周围的房间空旷荒凉。我走出房门，来到拜弗利特路上，车马从我身边走过，屠户小厮赶的马车，坐满观光者的公共马车，做工的人骑着自行车，上学的孩子们，突然间他们全都变得模糊不清、不真实，而我却似乎又同那炮兵一起匆匆地走在炎热、充满杀机的沉寂里。一天夜里，我又看到“黑烟”笼罩了死寂的街道，给扭曲的尸体蒙上黑色裹尸布；这些衣衫褴褛、被狗啃得残缺不全的尸体站起来向我扑来。他们嘴里念念有词，变得越来越狂怒、苍白、丑陋，最终变成了疯狂的畸形人。我在暗夜里醒来，一身冷汗，怕得要死。

我到了伦敦，在舰队街和河滩见到了熙攘忙碌的人群。我心中闪过一个念头：他们都是往日的鬼魂，出没在我曾见到的死寂的街道上，来来往往的都是死亡城里的幽灵，一具具行尸走肉模仿着活人的行为。而且当我站在普里姆罗斯山上——就在我写这一章的前一天我到过普里姆罗斯山——看着薄烟雾里淡蓝色的鳞次栉比的房屋最终隐入垂下来的模糊的天幕，看着人们在山上的花圃里走来走去，看着仍立在那里的火星人机器旁边的观光者，听着孩子们玩耍的喧闹声，回想在最后的具有决定意义的那天黎明，我所看到的那个闪闪发亮、轮廓清晰、坚硬而沉默的机器人，这一切的一切都使我感到怪异……

当我重新握住妻子的手，想起我们都曾确信对方早已不在人世，便会产生最为怪诞的感觉。

H.G. 威尔斯年表

1866 年　9 月 21 日，出生于伦敦肯特郡布罗姆利。

1874 年　进入布罗姆利学院读小学。

1880 年　在温莎一家布店做了一个月的学徒工。

在萨默塞特一所乡村学校担任很短一段时间的小学老师。

1881 年　在米德赫斯特给一名药剂师当学徒。

在米德赫斯特语法学校学习。

在南海镇一个布料市场当学徒。

1883 年　在米德赫斯特语法学校担任小学老师。

拓宽自学范围，开始广泛学习自然科学和政治经济学。

为参加全国理科考试做准备。

1884 年　进入伦敦肯辛顿科学师范学校（皇家科学院的前身）学习，主修由托马斯·赫胥黎授课的生物学和动物学。

1885 年　在夏季考试中获得一等荣誉，再次获得奖学金。

1886 年　很快对主课失去兴趣，而对文学和政治学兴趣倍增。

在威廉·莫里斯家里参加社会主义集会。

撰写有关社会主义的论文并向学校的辩论协会投稿。

创办《科学学派杂志》（*Science Schools Journal*）并担任主编（直至 1887 年 4 月）

1887 年　期末考试地质学不及格，失去奖学金，离开师范学校且未能获得学位。

在北威尔士的霍尔特学院任教。

在一场校内足球比赛中遭到撞击，造成肾破碎和肺出血，被迫从霍尔特学院辞职。

全身心投入写作。

1888 年 在伦敦的亨利豪斯学校任教。

《时空长河中的寻金羊毛者》（*The Chronic Argonauts*）在《科学学派杂志》上连载，这也是《时间机器》（*The Time Machine*）的部分初稿。

1890 年 通过伦敦大学的考试，被授予伦敦大学理学学士学位。

获得生物学一等荣誉和地质学二等荣誉。

被选为动物学协会会员。

被大学函授学院聘为生物学专业学生的助教。

1891 年 第一篇学术论文《独特之物的重新发现》（*The Rediscovery of the Unique*）刊登在《半月评》（*Fortnightly Review*）上。

1893 年 出版《生物学教程》（*Text-Book of Biology*），开始职业记者生涯。

肺出血复发，决定放弃教学工作，专攻写作。

开始在伦敦各类刊物上发表短篇故事、小说、剧评以及各类主题的文章。

1894 年 《国家观察家》（*National Observer*）刊登其七篇连载（3 月至 6 月），后整编为作品《时间机器》。

1895 年 《时间机器》在《新评论》（*New Review*）上连载（1 月至 5 月）。5 月，海尼曼公司（Heinemann）将该书出版发行。

出版短篇小说集《与一位大叔的对话选段》（*Select Conversation with an Uncle*）和《失窃的细菌与其他事件》

（*The Stolen Bacillus and Other Incidents*）以及小说《神奇之旅》（*The Wonderful Visit*）。

1896 年 出版第二部科幻小说《莫罗博士岛》（*The Island of Dr. Moreau*）以及家庭小说《机会之轮》（*The Wheels of Chance*）。

1897 年 与阿诺德·本涅特开始了长达一生的通信。

出版《隐身人》（*The Invisible Man*）、《普拉特纳的故事和其他》（*The Plattner and Others*）、《三十个奇怪的故事》（*Thirty Strange Stories*）、《水晶蛋》（*The Crystal Egg*）、《星》（*The Star*）和《某些个人私事》（*Certain Personal Matters*）。

1898 年 见到亨利·詹姆斯、约瑟夫·康拉德、福特·马多克斯·休弗（后称为福特）以及史蒂芬·克雷恩。

出版《世界大战》（*The War of the Worlds*）。

1899 年 出版《昏睡百年》(*When the Sleeper Wakes*)和《时空传说》（*Tales of Space and Time*）。

1900 年 出版《爱情和鲁雅轩》（*Love and Mr. Lewisham*）。

1901 年 出版《月球上的第一批来客》（*The First Men in the Moon*）和社会学著作《预期》（*Anticipations*）。

1902 年 应邀在皇家科学研究所演讲。

出版小说《海上女王》（*The Sea Lady*）和非小说类作品《发现未来》（*The Discovery of the Future*）。

1903 年 加入社会主义团体费边社。

参加了名为“系数”的讨论组。

与乔治·萧伯纳、西德尼·韦博和碧翠斯·韦博兄妹以及弗农·李成为好友。

出版《十二个故事和一场梦》（*Twelve Stories and a*

Dream）和非小说类作品《制造人类》（*Mankind in the Making*）。

1904 年　出版科幻小说《神食》（*The Food of the Gods and How It Came to Earth*）。

1905 年　出版小说《现代乌托邦》（*A Modern Utopia*）和《基普斯》（*Kipps*）。

1906 年　赴美国巡回演讲，见到西奥多·罗斯福、马克西姆·高尔基和布克·T. 华盛顿。

出版科幻小说《彗星来临》（*In the Days of the Comet*）以及非小说类作品《美国的未来》（*The Future in America*）、《社会主义与家庭》（*Socialism and theFamily*）。

1908 年　与萧伯纳和韦博兄妹产生分歧并因此离开费边社。

出版科幻小说《大空战》（*The War in the Air*）以及非小说类作品《新世界》（*New Worlds for Old*）、《一劳永逸的事物》（*First and Last Things*）。

1909 年　出版小说《托诺·邦盖》（*Tono-Bungay*）、《安·维罗妮卡》（*Ann Veronica*）。

1910 年　出版《波利先生的故事》（*The History of Mr. Polly*）。

1911 年　出版短篇小说集《盲人乡及其他故事》（*The Country of the Blind and Other Stories*）、《墙上之门及其他故事》（*The Door in the Wall and Other Stories*）、小说《新马基雅维利》（*The New Machiavelli*）和非小说类作品《地面游戏》（*Floor Games*）。

1912 年　出版小说《婚姻》（*Marriage*）和非小说类作品《伟大的国家》(*The Great State*)、《威尔斯的伟大思想》(*Great Thoughts From H. G. Wells*)、《威尔斯的思想》(*Thoughts From H. G. Wells*）。

1913 年 出版小说《感情热烈的朋友》（*The Passionate Friends*）和非小说类作品《小型战争》（*Little Wars*）。

1914 年 访问俄国。

出版小说《获得自由的世界》(*The World Set Free*) 和《哈曼先生的妻子》（*The Wife of Sir Isaac Harman*）以及非小说类作品《一个英国人看世界》（*An Englishman Looks at the World*）、《结束战争的战争》（*The War That Will End War*）。

1915 年 出版小说《比尔比》（*Bealby*）、《辉煌的研究》（*The Research Magnificent*）以及非小说类作品《世界的和平》（*The Peace of the World*）、《战争与社会主义》（*The War and Socialism*）。

1916 年 出版以第一次世界大战为主题的小说《布特林先生看穿了它》（*Mr. Britling Sees It Through*）以及非小说类作品《世界将要发生什么？》（*What Is Coming？*）和《重建的要素》（*The Elements of Reconstruction*）。

1917 年 暂短的宗教信仰经历促成了小说《一位主教的心灵》（*The Soul of a Bishop*）和非小说类作品《上帝是看不见的王》（*God the Invisible King*）的出版。

1918 年 受聘于英国信息部，从事战争宣传工作。

加入国际联盟筹建委员会。

出版《第四年：展望世界和平》（*In the Fourth Year: Anticipations of World Peace*）和《英国民族主义与国际联盟》（*British Nationalism and the League of Nations*）。

1919 年 出版小说《不灭的火焰》（*The Undying Fire*）。

1920 年 出访俄国，见到列宁、托洛茨基、高尔基、莫拉·巴德勃格。

出版《阴影下的俄国》（*Russia in the Shadows*）以及广受好评的畅销书《世界史纲》（*Outline of History*）。

1921 年　访问美国，参加在华盛顿召开的世界裁军大会。

出版《新历史教学》（*The New Teaching of History*）。

1922 年　出版《世界简史》（*A Short History of the World*）和《世界史纲》（*Outline of History*）修订版。

出版《华盛顿与和平的希望》（*Washington and the Hope of Peace*）以及小说《心脏的密所》（*The Secret Places of the Heart*）。

加入劳工党，竞选国会议员失败。

1923 年　竞选国会议员再次失败。

出版小说《神秘世界的人》（*Men Like Gods*）和《梦想》（*The Dream*）、非小说类作品《社会主义与科学动机》（*Socialism and the Scientific Motive*）、《劳工的教育理想》（*The Labour Ideal of Education*）以及传记《一个伟大校长的故事》（*The Story of a Great Schoolmaster*）。

1924 年　《大西洋月刊》（*The Atlantic*）出版《威尔斯作品集》（*The Works of H. G. Wells*）。

1925 年　出版小说《克里斯蒂娜·阿尔贝塔的父亲》（*Christina Alberta's Father*）和非小说类作品《世界事务预测》（*Forecast of the World's Affairs*）。

1926 年　与天主教作家希莱尔·贝洛克就《世界史纲》（*Outline of History*）发生争论。

出版小说《威廉·克里索尔德的世界》（*The World of William Clissold*）。

1927 年　出版《威尔斯短篇小说集》（*The Short Stories of H. G. Wells*）以及小说《与此同时》（*Meanwhile*）和非小说类作品《遭到修正的民主》（*Democracy under Revision*）。

1928 年　出版《凯瑟琳·威尔斯之书》（*The Book of Catherine Wells*）。

出版小说《布莱沃锡先生在兰波岛》（*Mr. Blettworthy on Rampole Island*）以及非小说类作品《世界的走向》（*The Way the World is Going*）、《公开的密谋》（*The Open Conspiracy*）。

1929 年　在德国议会发表演讲，演讲内容被整理成《世界和平的共识》（*The Common-Sense of World Peace*）并出版。

出版了电影剧本《曾是国王的国王》（*The King Who Was a King*）和儿童读物《托米历险记》（*The Adventures of Tommy*）。

1930 年　与其儿子 G.P. 威尔斯以及朱利安·赫胥黎共同出版教科书《生命的科学》（*The Science of Life*）。

出版小说《帕尔厄姆先生的独裁》（*The Autocracy of Mr. Parham*）和非小说类作品《通往世界和平之路》（*The Way to World Peace*）。

1932 年　出版小说《伯尔平顿沦落记》（*The Bulpington of Blup*）、教科书《劳动、财富与人类的幸福》（*The Work, Wealth, and Happiness of Mankind*）和非小说类作品《民主之后》（*After Democracy*）。

1933 年　出版《科幻小说集》（*Scientific Romances*），收录了其七部最受欢迎的作品。

出版小说《未来世界》（*The Shape of Things to Come*）。

担任国际笔会主席。

1934 年　出访苏联和美国，见到约瑟夫·斯大林和富兰克林·罗斯福。

出版《威尔斯自传》（*Experiment in Autobiography*）。

1935 年　与导演亚历山大·柯达合作，制作电影版《未来世界》（*The Shape of Things to Come*），1936 年以《笃定发生》（*Things to Come*）之名发行上映。

1936 年　出版非小说类作品《剖析挫折》（*The Anatomy of Frustration*）和《世界百科全书的设想》（*The Idea of a World Encyclopedia*），小说《槌球手》（*The Croquet Player*）和剧本《创造奇迹的人》（*The Man Who Could Work Miracles*）。

1937 年　担任英国科学促进会 L 分会主席。

出版小说《新人来自火星》（*Star Begotten*）、《布林希尔德》（*Brynhild*）、《剑津之旅》（*The Camford Visitation*）。

1938 年　出版小说《兄弟》（*The Brothers*）、《关于多洛雷斯》（*Apropos of Dolores*）和非小说类作品《世界的大脑》（*World Brain*）。

开始澳大利亚巡回演讲之旅。

1939 年　出版小说《神圣的恐惧》（*The Holy Terror*）和非小说类作品《一位共和激进分子的寻找激流之旅》（*Travels of a Republican Radical in Search of Hot Water*）、《人类的命运》（*The Fate of Homo Sapiens*）、《新世界秩序》（*The New World Order*）。

1940 年　赴美进行巡回演讲。

出版非小说类作品《人的权利》（*The Rights of Man*）、《战争与和平的共识》（*The Common Sense of War and Peace*）、《两个半球还是一个世界？》（*Two Hemispheres or One World?*），以及小说《黑暗树林中的婴孩》（*Babes in the Darkling Wood*）、《驶向阿勒山》（*All Aboard for Ararat*）。

1941 年　出版最后一部小说《小心驶得万年船》（*You Can't Be Too Careful*）以及另一部作品《新世界指南》（*Guide to the New World*）。

1942 年　出版《科学与世界思想》（*Science and the World Mind*）、《征服时间》（*The Conquest of Time*）和《菲尼克斯》（*Phoenix*）。

发表题为《论幻觉在高等后生动物个体生命延续中的特质——兼论智人类》（*On the Quality of Illusion in the Continuity of Individual Life in the Higher Metazoa, with Particular Reference to the Species Homo Sapiens*）的动物学博士论文。

1943 年　被授予博士学位。

出版《克鲁克斯·安萨塔》（*Crux Ansata*）。

1944 年　出版 1942—1944 年的论文集。

1945 年　出版最后两部书《穷途末路的心灵》（*Mind at the End of Its Tether*）和《快乐的转折》（*The Happy Turning*）。

1946 年　8 月 13 日，在伦敦的家中去世。